발도르프 선생님이 들려주는

요정 팁토스와 친구들의 모험

레그 다운 쓰고 그림
강도은 옮김

⭐무지개다리너머

요정 팁토스와
친구들의 모험

추천글

"⟨Renewal-The Journal for Waldorf Education⟩이 보통은 이야기책들을 잘 게재하지는 않는다. 하지만 발도르프 학교를 다니는 아이들은 매일 이야기들을 들으면서 마음의 양식을 얻고 있다. 우리 어른들한테도 이따금씩 이야기가 필요하다. 특히 자연의 경이로움이나 기쁨에서 영감을 얻고 그것을 표현하고플 때 그러하다. 또는 우리의 상상하는 능력이 내적인 이미지들을 형성해 보라고 자극을 받았을 때 그러하다. 여기, 커다란 참나무 꼭대기에 매달린 도토리 안에서 살고 있는 요정 팁토스에 관한 작은 이야기가 있다."

- 로널드 코에치 박사, ⟨Renewal-The Journal for Waldorf Education⟩
(북미 발도르프 학교 협회에서 매년 발행하는 잡지) 편집자

"5년 동안 유치원생들인 우리 반 아이들은 요정 팁토스와 여러 친구들의 모험을 같이 경험하는 기쁨을 누렸다. 이 이야기들은 경이로움, 그리고 마법과 기쁨으로 가득 차 있다."

- 수전 라이스, 유치원 선생님

"나는 우리 반 아이들에게 일 년 동안 매주 이 이야기들을 읽어 주었다. 아이들이 이 이야기 듣기를 얼마나 좋아했는지 모른다! 이야기를 듣는 아이들 얼굴은 매우 즐거운 듯 환히 빛나곤 했다. 모두에게 적극 추천하고 싶다."

- 미키 히가샤인, 초등학교 선생님

"우리 두 아이들이 자랄 때 요정 팁토스에 대한 이런 이야기들이 많이 있었으면 좋았을 것이다. 정말 멋진 책이다."

- 루이즈 리베이로 미첼, 《Autumn Sky》 저자

"유치원에 다니는 우리 집 꼬마는 여러 개의 이야기가 시리즈로 나와 있는 책들을 별로 좋아하지는 않는다. 그런 아이가 또 다른 팁토스 이야기를 들려 달라고 매일 조르곤 한다."

"책을 빌릴 것인가 아니면 살 것인가? 사는 것이 더 좋다! 처음 글을 읽는 꼬마 독자에게 시리즈 책을 소개해 주는 데는 책을 사는 게 훨씬 좋은 방법이기 때문이다. 그리고 어느 정도 글을 읽게 된 아이들도 두 번 세 번 다시 되돌아가서 읽어볼 수 있기 때문이다."

- 〈The Reading Tub〉 리뷰

차 례

제발 도와줘요! 꿀벌 부우가 붕붕이를 잃어버렸어요!

제2부 호박 까마귀

제3부 거위 루시와 반쪽짜리 알

제1부

붕붕이를 잃어버린 꿀벌

1

요정 팁토스가
메모 하나를 발견했어요

생쥐 제러미는 커다란 참나무 뿌리 밑에서 살고 있어요. 지금은 침대 안에서 머리 주위에 꼬리를 둥글게 만 채 편하고 깊은 잠을 자고 있네요.

"제러미, 이제 일어나렴."

창가에서 환히 빛나는 해님이 그를 깨웠어요. 하지만 제러미는 들은 척도 하지 않고 쿨쿨 자고 있답니다. 원래 잠꾸러기거든요.

"잠꾸러기야, 어서 일어나렴. 자리에서 벌떡 일어날 시간이란다."

더욱 환하게 빛나는 해님이 노래하듯 제러미를 깨웠어요.

제러미는 하품을 하고 기지개를 켜면서 잠자리에서 일어났어요. 먼저 자기 발가락들을 꼼지락거려 보고, 다음에는 코를 움찔

거려 보았어요. 그리고는 몸에 난 털들을 열심히 쓸어내려 부드럽고 매끄럽게 일으켜 세웠어요. 그런 뒤에 수염용 빗으로 수염도 빳빳하고 반짝거리게 만들었어요.

"팁토스가 아직도 자고 있는지 궁금하네."

제러미가 혼잣말을 하면서 재빠르게 집을 빠져나왔어요. 그리고 같은 참나무 둥치 위로 쪼르르 기어올라 갔어요.

팁토스는 요정이에요. 그녀도 제러미처럼 커다란 참나무에서 살고 있어요. 다만 팁토스는 참나무 가지에 높이 매달린 아주 작은 도토리 집에서 살고 있답니다.

제러미가 '똑, 똑, 똑' 하고 팁토스 집 문을 두드렸어요. 그런데 아무 대답이 없네요. 제러미는 문의 빗장을 들어 올린 다음 살짝 안을 들여다보았어요. 팁토스가 여전히 깃털 침대에서 쿨쿨 자고 있는 게 보이네요.

"일어나, 팁토스. 어서 일어나라고!"

제러미가 소리쳤어요.

팁토스가 눈을 비비면서 제러미를 보고 미소 지었어요. 그리고 하품을 하고 기지개를 켠 뒤에 침대에서 빠져나왔어요.

그런 다음 맨 처음 그녀가

한 일은 기도를 드리는 거랍니다.

팁토스는 이렇게 기도했어요.

"나를 보호해 주시는 수호천사님.

내 앞을 환히 비추는 불꽃이 되어 주세요.

내 머리 위로 반짝이는 별이 되어 주세요.

내 발 아래로 매끄럽게 펼쳐지는 길이 되어 주세요.

내 뒤를 안전하게 지켜 주는 친절한 보호자가 되어 주세요.

오늘과 오늘 밤 그리고 영원히 나를 지켜 주세요."

팁토스는 손과 얼굴을 씻고 금빛 머리카락을 빗었어요. 자신의 하늘색 드레스도 단정하게 매만졌어요. 그런 다음 구두를 신으려고 몸을 구부리는데, 메모 하나가 바닥에 떨어져 있는 게 보였어요.

메모에는 이런 글이 쓰여 있었어요.

'제발 도와줘요! 꿀벌 부우가 붕붕이를 잃어버렸어요!'

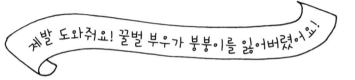

붕붕이가 없으면 꿀벌 부우는 붕붕대지 못하는데, 이런 큰일이에요.

팁토스가 제러미에게 말했어요.

"세상에나, 꿀벌 부우가 붕붕이를 잃어버렸대! 그를 도와줘야겠어."

2

팁토스와 생쥐 제러미는
붕붕대지 못하는 꿀벌을 도와줘요

팁토스와 제러미는 힘차게 흘러 가는 러닝 강으로 갔어요. 그들이 타고 갈 배가 그 강가에 있기 때문이에요. 덩굴 끈으로 매여 있는 그 배는 도토리 깍지로 만든 거랍니다.

돛대는 이쑤시개이고, 바람 따라 펄럭일 돛으로는 나뭇잎 한 장이 매달려 있어요.

그들은 얼른 배에 올라탔고, 요정 팁토스가 바람을 불러 일으켰어요.

"바람아, 바람아, 어서 빨리 불어오렴.

붕붕이를 잃어버린 꿀벌을 위해서."

그러자 바람이 잽싸게 불어왔어요. 팁토스와 제러미는 위아래로 출렁이는 강 물결을 따라 앞으로 나아갔답니다. 그리고 마침내 꿀벌의 집에 도착했어요.

"붕붕, 붕붕!"

벌들이 붕붕대고 있네요. 벌들은 함께 모여 사는 것을 아주 좋아하거든요. 벌들이 '붕붕, 붕붕!'거리면서 벌집 속으로 들락날락 날아다니고 있어요. 그런데 꿀벌 부우만이 붕붕거리지 못한 채 벌집 꼭대기에 앉아 엉엉 울고 있네요.

"아, 팁토스와 제러미구나. 내가 붕붕이를 잃어버렸어!"

꿀벌 부우가 훌쩍대며 말했어요. 그리곤 두 날개를 위아래로 펄럭거려 보았어요. 하지만 붕붕대는 소리는 전혀 들리지 않아요.

"도대체 무슨 일이야? 어떻게 하다가 붕붕이를 잃어버린 거야?"

제러미가 물었어요.

"흑흑, 제러미야."

꿀벌이 훌쩍거렸어요.

"아까 내가 선인장 아저씨 위로
내려앉았거든. 그런데 아저씨가
막 투덜거렸어. 그러더니 아
저씨 몸에 난 가시 하나가

내 붕붕이를 꽉 움켜잡지 뭐야. 그 다음에는 어떻게 된 건지 나도 잘 모르겠어!"

부우는 또다시 엉엉 울어 대기 시작했어요.

"울지 마, 부우야. 우리가 선인장 아저씨한테 가서 잘 이야기를 해 볼게."

팁토스가 말했어요.

선인장 아저씨는 누가 자기를 건드는 것을 너무나 싫어한답니다. 그렇기 때문에 날카로운 가시들로 온몸을 감싸고 있는 거지요. 그들이 선인장 아저씨한테 가 보니, 과연 뾰족한 가시들이 무엇이든 찌를 듯이 사납게 튀어나와 있었어요. 그리고 가시 하나에 매달려 있는 것은 바로 꿀벌 부우의 붕붕이었어요.

불쌍한 붕붕이는 몹시 후줄근한 모습으로 가시에 붙잡힌 채 축 늘어져 있었어요. 이따금씩 붕붕거려 보려고 애를 써 보지만, 나오는 소리라고는 '치칫, 치칫' 하는 소리뿐이었어요. 그런 소리는 정상적인 꿀벌들이라면 전혀 내지 않는 소리예요!

"너희들, 나한테 뭘 원하는 거지?"

불퉁거리는 목소리로 선인장 아저씨가 물었어요.

"오늘 나한테서 뭘 원하는 거냐고?"

"아, 선인장 아저씨. 아저씨 가시 중 하나에 꿀벌 부우의 붕붕이가 꽉 붙잡힌 채 빠져 나오질 못하고 있어요. 그래서 부우가 아주 슬퍼하고 있답니다."

팁토스가 부드럽게 말했어요.

"그러니까 꿀벌 부우는 나한테 그렇게 가까이 다가오질 말았어야
했어! 내게 이토록 가시가 많은 이유가 뭐라고 생각하냐?"

선인장 아저씨가 으르렁거렸어요.

"그렇지만 아저씨는 가시 말고도 아름다운 꽃들도 피우시잖
아요."

제러미가 말했어요.

"그 꽃들은 정말로 사랑스러워요. 게다가 향기도 좋을뿐더러

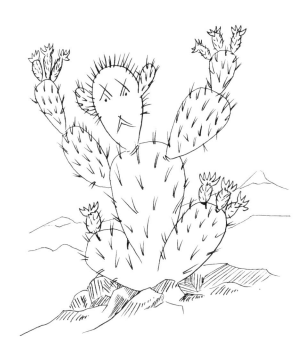

아주 먹음직스럽기까지 하잖아요. 그래서 꿀벌 부우가 그 꽃들 위로 내려앉았던 거라고요. 꿀벌들이 원래 그렇잖아요! 꿀을 모으려고 꽃에 내려앉는 게 꿀벌들이 하는 일이니까요! 그러니 제발 꿀벌 부우의 붕붕이를 보내 주세요."

"그래요, 제발 부탁드려요!"

팁토스도 함께 간청했어요.

"아저씨는 정말로 아름다운 꽃들을 피우고 계세요. 그리고 꿀벌들은 자기 일을 해야만 해요. 그 일을 하지 않는다면 꿀벌일 수가 없잖아요. 그러니 제발 부우의 붕붕이를 보내 주세요."

"그래, 좋아."

그들의 말을 들은 선인장 아저씨는 흔쾌히 그러겠다고 했어요.

"참으로 유감스러운 일이지만, 선인장으로 사는 일은 아주 힘들단다. 나는 언제나 불통거리거나 으르렁대면서 살아야 하거든. 오늘 나는 '특히 더 짜증이 났단다' 모두가 내 꽃들을 보겠다고 곁에 다가와서 난리였거든. 그런데 난 누구든 간에 내 곁에 그렇게 가까이 다가오는 게 몹시 싫단다."

그런 다음 선인장 아저씨는 가시들을 꿈틀꿈틀 흔들어서 붕붕이를 꿀벌 부우의 등에다 툭 떨어트려 주었어요.

"붕붕, 붕붕!"

다시 붕붕댈 수 있게 된 부우가 기쁘게 붕붕댔어요.

"붕붕, 붕붕!"

자기 붕붕이를 다시 되찾은 부우는 참으로 행복했어요. 그는

꿀벌이 추는 춤을 추면서 공중으로 높이 날아올랐다가 자기 벌집
으로 붕붕대며 곧바로 날아갔어요. 부우는 부지런한 꿀벌이기 때
문에 해야 할 일이 아주 많거든요.

3

팁토스가 올챙이에게
노래를 불러 주어요

요정 팁토스는 물웅덩이 가장자리에 피어난 작은 수련 잎 위에 앉아 있어요. 그리고 물속에 담근 두 발을 이리저리 휘저으며 수련 노래를 부르네요.

"내가 수련 한 송이가 되었으면 좋겠네.
연못 위에 하늘하늘 떠 있는 수련 한 송이라면 좋겠네.
그러면 금붕어가 내 발을 간지럽게 해 줄 테고
나는 상쾌한 기분이 들 거라네."

"제러미는 어디 있지?"
개구리가 물었어요.
개구리는 팁토스 가까이에 앉으려고 수련 잎들 위로 폴짝폴짝 뛰어온 참이에요.
"저기 있어."
물웅덩이 너머를 가리키며 팁토스가 대답했어요.

"제러미는 배가 고파서 지금 먹을 만한 씨앗들을 찾는 중이야. 근데 넌 뭐하는 중이었니?"

"아무 일도 안 해. 그냥 앉아 있는 중이지."

개구리가 말했어요.

그렇게 팁토스와 개구리는 잠시 동안 함께 앉아 있었어요. 가만히 앉아 있는 일은 사실 재미있답니다. 가만히 앉아 있는 법을 알기만 한다면 말이죠. 그럴 때는 아주 차분하게 앉아서 뭔가를 고요히 바라봐야 한답니다.

잠자리 한 마리가 부들(개울가나 연못가에 저절로 나는 풀) 위로 살포시 내려앉는 게 보였어요. 반짝거리는 날개들이 다채롭게 빛나네요.

조금 있다가 날개에 빨간 줄무늬가 있는 한 검은지빠귀 새 한 마리가 잠자리가 앉아 있던 부들 위로 내려앉고 싶어 했어요. 그래서 잠자리는 자리를 비켜 줘야 했어요. 잠자리가 잽싸게 움직여 물 위로 날아가네요.

"잠자리는 세상에서 가장 잘 나는 비행사야. 심지어 뒤로도 날 수 있다니까."

팁토스가 말했어요.

"맞아. 아주 훌륭한 비행사야. 하지만 나처럼 물속으로 퐁당 뛰어들지는 못하지."

개구리가 대답했어요. 물속으로 퐁당 뛰어들 수 있는 자기 자신이 아주 자랑스러웠기 때문이지요.

그들은 조금 더 앉아 있었어요. 고요하고 더운 날이었어요. 올챙이 한 마리가 흐릿한 물웅덩이 밑바닥에서 꼬리를 흔들며 다가왔어요. 올챙이는 작은 수련 주위를 꼬물꼬물 헤엄치면서 팁토스와 개구리를 바라보았어요.

"이제는 내가 물 밖으로 나가도 될까요?"

올챙이가 물었어요.

팁토스가 웃음을 터트리며 말했어요.

"사랑스런 올챙이야. 너는 조금 더 기다려야 해. 아직 다리가 나오지 않았잖아."

"폴짝 뛰어오른 다음에 퐁당하며 물속으로 제대로 뛰어들려면 다리가 꼭 필요하단다."

개구리도 끼어들며 말했어요.

"하지만 나도 개구리처럼 어른이 되고 싶어요. 또 햇볕을 쬐며 수련 잎 위에 앉아 있고 싶다고요."

"조금 더 참고 기다려야 해."

팁토스가 말하면서 올챙이에게 노래를 불러 주었어요.

"로블-디-룸,

로블-디-룸,

꼬마 올챙이한테는

짜잔 하며 다리들이 금방 생겨날 거야.

그래서 폴짝 뛰는 법도 배울 거야.

그러면 올챙이 꼬리는 달님처럼

점점 작아질 테지.

마침내 달님처럼 점점 보이지 않게 될 거야."

"너무나 멋진 올챙이 노래인걸."

개구리가 외쳤어요.

"오늘 밤에 우리 집 올챙이들한테도 이 노래를 자장가로 불러 줘야겠어."

그리고는 폴짝 뛰어 아름다운 물보라를 만들면서 물속으로 퐁당 뛰어들었어요.

"잘 있어요, 팁토스."

올챙이도 꼬리를 흔들며 재빠르게 개구리를 뒤따라갔어요.

"이제 배로 되돌아갈 시간이네."

팁토스가 생각했어요.

"제러미! 제러미! 어디 있는 거니? 이제 가야 할 시간이야."

그녀가 연못 너머를 향해서 제러미를 불렀어요.

"나 여기 있어."

물풀이 우거진 곳에서 제러미가 나오면서 손을 흔들었어요.

그들은 물 위에 배를 띄우고 흐르는 강물 따라 부드럽게 떠내려갔어요. 오르락내리락하는 물결 따라 배가 흘러가네요.

해님은 벌써 잠자러 갔고, 강물 위로는 물안개가 부드럽게 피어올랐어요. 개구리들이 갈대숲에서 개굴개굴 노래하는 소리가 들려요.

팁토스한테서 배운 새로운 올챙이 노래를 자장가로 부르고 있는 거예요. 하지만 우리한테는 오직 '개굴개굴' 하는 소리처럼 들릴 거예요.

"우엉! 우엉! 너희들은 누구지?"

숲속에서 부엉이가 소리쳤어요.

그러는 동안 제러미와 팁토스는 강물 따라 흘러가는 배 안에서 잠이 들었어요.

4

팁토스가 제러미를
거칠게 깨워요

팁토스가 먼저 잠이
깼어요. 해님이 환하게
미소 짓고 있네요. 흐르는
강물을 따라 배가 이리저
리 흔들리고 있어요.

제러미는
작은 공처럼
몸을 만 채 아직
잠들어 있어요. 그런데
제러미의 꼬리가 머리 주변에 없는
거예요. 쭉 펴져서 배 가장자리 밖에
늘어져 있었어요.

팁토스는 몸을 기울여서 제러미의
꼬리가 정말 물속에 들어가 있는지
살펴보았어요.

이런, 정말 물속에 들어가 있네요. 기다란 지렁이처럼 생긴 꼬리가 물속에서 흔들거리고 있는 게 보여요. 게다가 커다란 물고기 강꼬치(개구리나 작은 물고기를 잡아먹는 길고 포악한 대형 물고기)가 그 꼬리를 덥석 물려고 뾰족한 입을 막 벌리던 참이었어요!

팁토스는 얼른 꼬리를 잡아채서 있는 힘껏 끌어올렸어요. 무시무시한 이빨들이 달려 있는 물고기의 입이 '딱!' 하며 닫히는 소리가 났어요. 팁토스는 '콰당' 하며 제러미의 몸 위로 넘어졌어요. 그 바람에 제러미가 비명을 지르며 깨어났어요.

"찌이이이이이익!"

제러미는 큰 소리를 내며 벌떡 일어났어요. 그리고는 팁토스가 붙잡고 있던 자기 꼬리를 홱 잡아당겼어요.

"너도 알다시피, 날 깨우려고 내 꼬리를 이렇게 잡아당기면 안 되는 거잖아!"

"미안해."

팁토스가 말했어요.

"하지만 커다란 물고기 강꼬치가 네 꼬리를 지렁이인 줄 알고서 잡아먹으려 했단 말이야. 그래서 내가 잽싸게 끌어당기다가 뒤로 넘어졌던 거야. 일부러 널 거칠게 깨우려고 한 건 아니었어."

제러미가 해님을 바라보니, 해님이 활짝 웃고 있었어요. 제러미는 자기 꼬리도 바라보았어요.
약간 아픈 것 같았지만 별 탈
없이 무사했어요. 끝부분만
조금 젖어 있었지요. 그러
고 보니까 자기 꼬리가 정
말로 지렁이처럼 보이기도
했어요.

　제러미는 넘어져 있는 팁토
스를 부축해 일으키면서 말했어요.

　"고마워. 그런데 난 배가 고파! 우리 어디에서 아침을 먹을 수
있을까?"

　무슨 일이 일어났든지 간에 제러미는 배가 고프지만 않으면 상
관이 없었어요. 속상한 일도 길게 마음에 담아두는 법이 없거든
요. 한창 자라고 있기 때문에 그렇답니다.

　"그러면 너무 늦기 전에 솔방울과 후추단지한테 가 보자."

　팁토스가 말했어요. 그리고 그들은 출발했어요.

5

땅의 요정들인
솔방울과 후추단지는
집에 없어요

땅의 요정들인 솔방울과
후추단지는 집에 없었어요.
그들은 숲속에 있는 오래된
소나무 밑에서 살고 있어요.

"어디 간 거지?"

팁토스가 궁금해 했
어요.

"난 배가 고픈데."

부엌 주위에서 코를 킁킁거리며 제
러미가 말했어요.

"이것 좀 봐. 그들이 팬케이크를 남겨 놓았어."

식탁 위에는 팁토스가 그동안 본 팬케이크 중에서 제일 커 보
이는 팬케이크 두 개가 놓여 있었어요. 황금빛이 도는 갈색으로
완벽하게 구워진 것이었어요. 또 곁에는 버터와 설탕단풍 시럽이

듬뿍 발라져 있었고요.

"와, 기가 막히게 좋은 냄새야!"
제러미가 말했어요.

"너무나 맛있어 보여서 도저히 참을 수가 없어. 자, 어서 먹자."

팁토스는 워낙 작은 요정이기 때문에 팬케이크를 아주 조금만 먹었어요. 그녀는 지나치게 많이 먹는 것을 좋아하지 않아요. 왜냐하면 너무 많이 먹으면 날기가 힘들기 때문이에요. 하지만 제러미는 날 필요가 없는 생쥐잖아요.

게다가 공중을 날아다니는 것도 전혀 좋아하지 않고요. 그래서 그는 입을 오물거리며 열심히 먹기 시작했어요.

접시 주위를 빙 돌아가며 팬케이크 가장자리부터 조금씩 뜯으면서 먹었어요. 처음에는 팬케이크가 완벽하게 둥근 모양이었던 것이, 점점 작아지다가 마침내 하나도 남지 않았어요.

"솔방울과 후추단지가 팬케이크도 먹지 못할 정도로 서두르면서 어디로 갔는지 정말 궁금한데."

팁토스가 말했어요.

"구워 놓은 팬케이크를 먹지도 않고 집을 떠난 걸 보면, 틀림없이 아주 다급했던 게 분명해."

제러미한테서 어떤 대답도 들려오지 않았어요.

어느새 구석에 가서 몸을 둥글게 만 채 잠들었기 때문이에요. 늘 그런 것처럼 아침을 먹고 나면 잠시 꾸벅꾸벅 조는 거랍니다.

"생선 튀김 먹는 꿈을 꾸나 보네."

팁토스가 말했어요.

"할 수 없이 나 혼자서라도 그들을 찾아봐야겠어."

그리고는 창문 밖으로 날아갔어요.

6

코끼리의 막힌 코를 뚫어요

팁토스는 높이 날아올랐어요. 그녀는 하늘 높이 날아오르는 걸 좋아해요. 언젠가는 참새 한 마리가 그녀를 잡아먹으려고 했던 적도 있었어요.

참새는 팁토스가 모기라고 착각했던 거예요. 참새 부리와 가볍게 부딪쳤을 때 팁토스가 이렇게 말해 주었어요.

"난 파리가 아니라 요정이라고! 저리 가, 참새 씨!"

깜짝 놀란 참새는 자기 부리를 문지르며 서둘러 달아났어요.

"이상하네. 곤충 때문에 내가 곤란을 겪은 적은 한 번도 없었는데 말이야."

참새는 혼자 투덜댔어요.

팁토스는 숲과 강이 저 아래로 보일 때까지 높이 날아올랐어요.

"솔방울과 후추단지는 어디에 있는 걸까?"

그녀는 푸른 나무들과 들판 사이에서 땅의 요정들인 그들이 쓰고 있는 빨간 모자가 보이는지를 찾아보았어요. 그러다가 코끼리가 나무둥치 위에 앉아 있는 것을 발견했어요. 코끼리의 기다란 코는 앞으로 쭉 뻗어 있었어요. 그 아래에서 솔방울과 후추단지가 있는 힘껏 코끼리 코를 잡아당기고 있는 중이에요.

"너희들 거기서 뭘 하는 거니? 지금 코끼리 코를 잡아당기는 거야?"

"잉! 잉!"

코끼리가 훌쩍거렸어요.

"내 콧쏙에 사과가 들어가 버렸쩌. 사과나무에서 사과를 따먹고 있쪘는데, 아주 마시쩌 보이는 사과가 노피 있쪘어. 거끼 닿을려고 코를 노피 쳐들었는데, 사과가 콧속으로 떨어쩌 버렸어. 글고는 나오질 않짢아. 그래서 솔빵울과 후쭈딴지가 찌끔 *끄내려* 하는 꺼야."

코끼리가 혀 짧은 아이처럼 정확하지 않은 발음으로 말했어요. 분명 코끼리의 콧속에는 사과 한 알이 꼭 끼어 있는 것 같았어요.

아주 크고 동그랗고 또 아주

맛있어 보이는 사과 같았어요. 하지만 너무 꽉 끼어 있었어요.

"어떻게 해야 하지? 우리가 무슨 수를 써야 할까?"

솔방울과 후추단지가 함께 소리쳤어요.

"후추단지야, 너의 턱수염에 달린 후추를 흔들어서 내보내 봐."

팁토스가 제안했어요.

땅의 요정 후추단지가 그 이름을 갖게 된 까닭은 원래 성미가 불같기 때문이기도 하지만, 또 한편으론 후추를 너무 좋아했기 때문이기도 했어요. 그래서 후추단지는 항상 자기가 먹을 음식에다 후추를 잔뜩 쏟아 넣곤 한답니다. 그럴 때면 후추 통을 세게 흔들어 대곤 하지요. 그러다 보니 후춧가루가 그의 턱수염에 늘 떨어져 있곤 해요.(만약 여러분이 그와 포옹이라도 할라치면 곧바로 '에취!' 하고 재채기를 하게 될 거예요!)

후추단지는 팁토스 말대로 자기 턱수염을 코끼리의 얼굴에다 대고 흔들었어요.

"에에…"

코끼리한테서 이런 소리가 들렸어요.

"에에…! 에에…!"

또다시 이런 소리가 났어요.

"에에…! 에에…! 에에…! 에취이이이이이이!"

코끼리만이 할 수 있는 아주 우렁찬 소리를 내면서 시원하게 재채기를 했어요. 그러자 그의 콧속에서 사과 하나가 로켓처럼 '뽕!' 하고 튀어나왔어요. 그런데 솔방울과 후추단지는 그 순간에 재빨리 몸을 숙여야 한다는 생각을 미처 하지 못했어요. 이미 너무 늦어 버렸답니다.

눈 깜짝할 사이에 솔방울의 모자가 멀리 날아가 버렸고, 후추단지의 모자 역시 사과와 같이 사라져 버렸거든요. 튀어나온 사과에 낚아 채인 빨간색 모자들이 휘리릭 숲 너머로 순식간에 날아간 거예요.

"아이쿠! 아이쿠! 우리 모자들!"

솔방울과 후추단지가 크게 소리쳤어요.

그런 와중인데도 코끼리가 말했어요.

"우와, 너무너무 고마워. 이렇게 크게 재채기를 했으니까 난 이제 집에 가서 쉴 거야."

그리곤 어슬렁어슬렁 숲속으로 걸어갔어요.

"불쌍한 모자들! 어떻게 해야 되지?"

땅의 요정들이 소리쳤어요.

"같이 찾아보자."

팁토스가 말했어요. 그리고 그들은 함께 모자를 찾으러 갔어요.

7

모자들이 나타났어요

모자들이 보이지 않았어요. 솔방울과 후추단지는 나무뿌리들과 바위 아래를 열심히 뒤졌어요. 팁토스는 나무 꼭대기들을 샅샅이 살펴보았어요. 그렇지만 어디에서도 모자들을 찾을 수가 없었어요. 사라져 버린 거예요.

"아주 끔찍한 일이야."

솔방울이 말했어요.

"아주 끔찍한 일이야."

후추단지도 따라했어요.

땅바닥에 주저앉은 그들은 자기들 턱수염 끝을 질겅질겅 씹어 댔어요. 땅의 요정들에게 수염은 아주 소중한 거예요. 수백 년 동안이나 자란 것이거든요. 그래서 너무너무 속상했을 때가 아니라면 절대 씹어 대면 안 된답니다. 그런데 솔방울과 후추단지는 지금 수염을 씹어 댈 정도로 몹시 속이 상했던 거지요.

"뭘 찾고 있는 거야?"

이리저리 찾고 있는 그들의 모습을 본 귀뚜라미가 물었어요.

"우리 모자들을 찾고 있어."

땅의 요정들이 말했어요.

"귀뚤, 귀뚤. 모자들이 저쪽으로 휘익 날아가는 걸 내가 보았어."

거미의 집 쪽을 가리키며 귀뚜라미가 말했어요.

그래서 그들은 거미의 집으로 찾아갔어요.

"뭘 찾고 있는 거야?"

거미가 물었어요.

"우리 모자들을 찾고 있어."

솔방울과 후추단지가 말했어요.

"스르륵, 스르륵. 모자들이 저쪽으로 휘익 날아가는 걸 내가 보았어."

거미가 달팽이의 집 쪽을 가리키면서 말했어요.

그래서 그들은 달팽이의 집으로 찾아갔어요. 하지만 달팽이 집을 찾을 수가 없었어요. 집을 등에 지고 달팽이가 벌써 이사를 간 모양이에요.

"난 집에 갈래. 오늘 하루 동안 찾을 만큼 다 찾은 것 같아."

후추단지가 투덜거리며 말했어요. 그리곤 빠른 걸음으로 가 버렸어요. 솔방울과 팁토스도 그 뒤를 쫓아갔어요.

"너희들, 이제 왔구나!"

그들이 집에 도착하자 제러미가 외쳤어요.

"내가 뭘 찾았는지를 좀 봐."

제러미가 땅의 요정들이 쓰는 빨간 모자 두 개를 높이 들어 올렸어요.

"대체 어디서 그것들을 찾은 거야? 우리들이 온갖 곳을 다 찾아보았는데 없었단 말이야."

땅의 요정들이 감탄하며 외쳤어요.

"아주 맛있는 사과 하나랑 같이 여기 창문으로
날아들어 왔어. 물론 그 사과는 내가
벌써 먹었지."

제러미가 설명했어요.

"세상에나!"

솔방울과 후추단지가 감탄
하며 고개를 끄덕였어요. 그
리곤 자기 모자가 어디 찢기
지나 않았는지를 조심스레 살
펴보았어요.

"아무 문제없이 전부 괜찮아!"

땅의 요정들은 다시 모자를 썼어요.

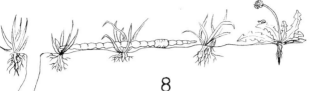

8

애벌레가 꿈틀이를 잃어버렸어요

땅의 요정들이 맛있는 팬케이크를 또 구웠어요. 하지만 제러미는 벌써 배가 많이 부른 상태랍니다. 제러미의 배가 꼭 풍선처럼 보일 정도예요. 그는 소나무 근처의 큰 풀들 사이에 앉아서 새들의 노랫소리를 듣고 있어요.

"까옥, 까옥!"

까마귀가 머리 위로 날아갔어요.

"딱, 딱, 딱, 딱."

딱따구리가 나무속을 깊이 파 들어갔어요.

"삐찌, 삐찌."

박새 가족이 서로를 소리쳐 불렀어요.

"귀뚤, 귀뚤."

귀뚜라미가 풀 꼭대기에서 노래를 해요. 귀뚜라미는 새가 아니지만 노래를 부를 줄은 알거든요.

그러고 있는데 제러미 귀에 "도와줘! 도와줘!" 하는 작은 소리가 들렸어요. 주변을 둘러봤지만 아무것도 보이지 않았어요.

"도와줘! 도와줘!"

또다시 소리가 들렸어요.

두리번거리던 제러미는 구멍 밖으로 막 기어 나온 애벌레 한마리를 찾아냈어요. 애벌레는 꼼짝하지 않고 누워 있었어요. 아주 뻣뻣하게 몸을 쭉 뻗은 상태예요.

"도와줘! 도와줘!"

여전히 움직이지 못한 채로 애벌레가 다시 소리쳤어요.

"무슨 일이야? 왜 그렇게 꼼짝도 못하는 거야? 왜 그렇게 쭉 뻗어 있는 거지?"

"나를 꿈틀꿈틀 기어가게 해 주는 꿈틀이를 잃어버렸어. 내 꿈틀이가 도망가 버렸다고."

애벌레가 훌쩍거리며 말했어요.

"너의 꿈틀이를 잃어버렸구나!"

제러미가 궁금해 하면서 말을 이었어요.

"애벌레들한테 꿈틀이가 있다는 걸 난 지금까지 몰랐어. 근데 꿈틀이들은 무슨 일을 하는 거야?"

"그걸 여태 몰랐다고?"

애벌레가 말했어요.

"모든 애벌레들한테는 자기 꿈틀이가 있단다. 그래야 여기저기 기어 다닐 수 있거든. 만약 너희들이 우리를 집어 들면, 재빨리 꿈틀거리면서 빠져나올 수 있게 해 주지. 그런데 내 꿈틀이가 도망가서 지금 난 움직일 수가 없는 상태야."

"내가 팁토스를 데려올게. 그녀는 요정이니까 뭘 해야 할지를 틀림없이 잘 알 거야."

이렇게 말한 제러미는 잽싸게 쪼르르 달려갔어요.

요정 팁토스가 도착해서 물었어요.

"사랑스런 애벌레야, 넌 어떻게 하다가 네 꿈틀이를 잃어버렸니?"

그녀는 애벌레들을 좋아하고 또 모든 애벌레들한테는 꿈틀이가 있다는 사실도 잘 알고 있거든요.

"오, 팁토스. 난 오늘 아침 일찍 구멍 밖으로 꿈틀거리며 기어나왔어. 그런데 애벌레를 잡아먹는 힘센 울새가 내 머리 위로 날아오는 거야. 그러자 내 꿈틀이가 엄청나게 무서워하면서 냅다 달아나 버리지 뭐야. 그런 탓에 난 이제 움직일 수 없게 된 거야."

제러미와 팁토스가 주변을 샅샅이 뒤지면서 꿈틀이를 찾아보았지만 보이지 않았어요.

"꿈틀이가 대체 어디에 숨었을까? 도무지 찾을 수가 없네."

팁토스가 애벌레에게 말했어요.

"우리 집에 들어가서 한 번 찾아보면 어때? 저 아래 아주 안전한 구멍 안에 집이 있어."

애벌레가 말했어요.

팁토스는 구멍 아래에 있는 애벌레의 집 안을 들여다보았어요. 잘 살펴보니 분명히 꿈틀이가 있는 것 같았어요. 꿈틀이는 집 안의 아주 구석진 곳에서 몹시 무서워하며 꿈틀꿈틀 몸을 떨고 있었어요.

"이리 나오렴, 꼬마 꿈틀아. 이젠 안전해."

팁토스가 소리쳐 불렀어요. 하지만 꿈틀이는 저 아래 구석에서 도무지 나오려 하지 않았어요. 그만큼 무서웠던 거예요.

할 수 없이 자기 몸을 작게 만든 팁토스가 애벌레의 집 안으로 날아들어 갔어요.

"불쌍한 꿈틀아, 너무나 무서웠구나. 내가 너에게 무서움을 이길 수 있는 용기를 불어넣어 줄게."

팁토스가 말했어요. 그리고 작은 마술 지팡이로 꿈틀이를 살짝 건드렸어요. 그 순간 꿈틀이는 용기를 얻었어요. 그래서 무서움을 떨쳐 내고 구멍 밖으로 기어 나왔어요.

밖으로 나온 꿈틀이가 순식간에 애벌레의 몸속으로 꼼지락거리며 들어갔어요. 이제 애벌레는 꿈틀거릴 수 있게 됐답니다.

"고마워, 팁토스와 제러미야. 너희들도 꿈틀이를 잃어버리면 아주 끔찍할 거야."

이렇게 말한 애벌레는 집 안으로 꿈틀꿈틀 기어 들어갔어요.

9

바람이
불어오네요

그날 밤에는 바람
이 불었어요. 아주 세게
불어왔어요. 비가 창문을
두드렸고, 오래된 소나무 가지
들이 삐거덕거리며 신음소리를 낼
정도예요.

제러미와 팁토스는 솔방울과 후추단
지 집에 머물고 있어서 기뻤어요. 밖에서 사
나운 폭풍우가 마구 휘젓고 다닐지라도 그들의
집 안은 늘 따스하고 보송보송하거든요.

제러미는 난롯가 가까이에 깔려 있는 깔개 위에서 몸을 둥글

게 말고 잠들어 있어요. 팁토스는 털실 바구니 속의 폭신한 양털
위에서 자고 있네요. 솔방울과 후추단지도 마주 보도록 놓여 있
는 쌍둥이 침대에서 잠을 자고 있고요.

그들은 드르렁드르렁 코를 골고 있지만, 으르렁 고함치는 바람
소리만큼 큰 소리는 아니에요.

"으르렁, 으르렁!"

바람이 크게 으르렁댔어요.

"나는 너희들의 집을 세차게 흔들어 놓을 테다. 너희들이 잠을
못 자고 깨어나게 할 테다. 제러미도 깨울 테다!"

하지만 땅의 요정들 집이 자리하고 있는 그 소나무는 아주아

주 튼튼한 나무예요. 게다가 뿌리도 땅속 깊숙이 묻혀 있어서 안
전해요. 나무는 이렇게 노래했어요.

"불어라, 바람아. 힘차게 불어라!
네 마음껏 힘차게 불어라!
내 뿌리는 더욱 깊이 땅속으로 자랄 거란다!
나는 비와 눈을 정말로 좋아한단다.
불어라, 바람아. 힘차게 불어라!"

바람이 다시 힘차게 불었어요. 하지만 제러미, 팁토스, 솔방울
과 후추단지는 오래된 소나무 아래에 있는 집 안에서 안전하고
편안하게 잠을 잤어요.

46

10

문어의 엉킨 다리들을
풀어 주어요

아침이 되자 벌새가 창문으로 날아왔어요.

"문어가 또다시 발이 엉켜
버렸어."

소식을 알려 준 벌새가
재빨리 창문 밖으로 날아갔
어요.

"또다시 엉키다니!"

후추단지가 투덜거렸어요.

"우리가 지금 당장 바다로
가야겠어."

"서두르자."

팁토스와 솔방울도 큰 소리로 말했어요. 바닷가를 좋아하거
든요.

"그런데 떠나기 전에 먼저 아침을 먹어야 하잖아?"

제러미가 말했어요.

아침으로 팬케이크와 딸기를 먹은 그들은 러닝 강으로 달려갔어요. 솔방울과 후추단지한테도 배가 있었거든요. 이 배는 대나무 노가 달린 진짜 배랍니다.

배는 농부 존의 집 근처의 모래상자 속에 있어요. 배 이름은 '종달새'인데, 솔방울이 푸른색으로 배 한쪽에다 그 이름을 써 넣었어요.

"그런데 우리가 타고 왔던 배는 어디 있지?"

제러미가 소리쳤어요.

"사라졌어."

팁토스도 외쳤어요.

그들이 타고 왔던 도토리 배가 어디에도 보이지 않네요. 틀림없이 지난밤 폭풍우에 멀리 떠밀려 간 모양이에요.

"괜찮아. 우리 배는 전부 타도 될 만큼 크잖아. 자, 가자."

솔방울이 말했어요.

그래서 그들은 땅의 요정들 배를 탔어요. 후추단지가 러닝 강 한가운데로 노를 저어 나갔어요. 경쾌하

게 흐르는 러닝 강은 그들을 멀리 데려갔어요.

해님이 환히 미소 짓고 있네요. 해님이 폭풍을 멀리 쫓아낸 덕분에 하늘에는 뭉게구름들이 두둥실 떠가고 있어요.

그들은 커다란 바위를 지나갔어요. 바위 위에서는 거북이가 해를 쬐며 앉아 있었어요. 거북이는 '안녕' 하고 손을 흔들었어요. 그들은 갈대숲에 살고 있는 오리네 집도 지나갔지만 오리는 집에 없었어요. 어디 산책을 간 모양이에요.

곧 바다가 나왔어요. 해안으로 파도가 철썩철썩 밀려와 부딪치고, 하늘에는 갈매기들과 바닷새들이 날고 있네요. 후추단지는 바다와 가까운 강둑 쪽으로 노를 저어 갔어요. 강둑에 도착한 그들은 배를 물 밖으로 끌어올렸어요.

"제일 먼저 문어가 어디 있는지를 찾아보자."

팁토스가 말했어요.

문어는 바위틈 웅덩이 속에서 살고 있어요. 문어는 원래 피부 색깔을 맘대로 바꿀 수 있기 때문에 찾기가 그리 쉽지는 않아요. 팁토스는 바위틈 웅덩이들 중 하나를 들여다보았어요. 그곳은 아주 멋진 정원처럼 보였어요.

보라색 홍합들, 초록색 파래, 불가사리 한 마리, 붉은 게 두 마리, 껍질 속에 들어 있는 바다 달팽이 세 마리가 보여요. 하지만 문어는 그곳에 없었어요.

"여기 있어! 문어가 여기 있다고! 내가 찾아냈어! 어서 와 봐!"

후추단지가 소리쳤어요.

문어는 아주 커다란 바위틈 웅덩이 안에 있었어요. 해초들 사이에 숨어 있는 게 보였어요. 또한 다리들이 얼키설키 심하게 엉켜 있는 것도 보였어요. 꼭 꿈틀대는 둥근 공처럼 보일 정도예요.

"아휴, 문어야. 너 또 네 발들을 세고 있었던 거니?"

한숨을 쉬며 팁토스가 말했어요.

아직 어린 문어는 고작 일곱까지만 셀 수 있어요. 그런 탓에 여덟 개인 자기 발들의 숫자를 셀 때면, 항상 다리 하나가 남게 돼요. 그러면 문어는 다시 숫자 세기를 시작하곤 해요.

다리 하나를 세지 못하고 남겨 둔 상태에서 다시 숫자 세기를 시작하는 거예요. 그러다 보면 다른 다리 하나가 또다시 남는 거예요.

이러다가 문어는 금방 어쩔 줄 모르게 되면서 발이 엉망으로 엉키고 꿈틀대는 공 모양이 되는 거랍니다. 그러니까 발들이 서로 엉켜 수영을 할 수 없게 되는 거예요.

솔방울이 문어를 웅덩이에서 들어 올렸어요. 엉킨 다리 모두를 하나하나 다시 풀어놓는 일은 몹시 힘든 일이었어요.

50

"너는 다리가 여덟 개야."

솔방울이 문어의 다리 숫자를 세어 주었어요.

"하나, 둘, 셋, 넷, 다섯, 여섯, 일곱, 여덟."

"여덟이 뭐야?"

전혀 이해를 못하는 얼굴로 문어가 물었어요.

"아이고, 됐어. 우리가 너를 다시 웅덩이 속으로 돌려보내 줄까?"

솔방울이 한숨을 쉬며 말했어요.

"응, 그래 줘."

문어가 대답했어요.

그래서 그들은 문어를 다시 웅덩이 속에다 첨벙 넣어 주었답니다.

11

팁토스가 바닷가를
따라 걸어요

팁토스가 바닷가를 따라 걸어요. 파도가
모래사장 위로 밀려오네요. 파도 하나
는 팁토스 발을 잡으려고 해요.
달려드는 파도를 피하려고 팁
토스는 날개를 활짝 펴서 공중
으로 쏜살같이 달아났어요. 그
리곤 깔깔대며 웃었어요.
　요정 팁토스는 파도들을 놀리는
것을 좋아하거든요. 파도들도 따라
웃었어요.
　팁토스는 파도가 부서지는 바
닷속에서 신나게 놀고 있는
물의 요정들을 보았어요.
　"이리 와서 함께 놀자."
　물의 요정들이 팁토스를

불렀어요. 하지만 팁토스는 그들처럼 물속에서 놀 수가 없어요.
왜냐하면 팁토스는 나무의 요정이기 때문이지요.
　　팁토스가 노래를 불렀어요.

　　"바람아, 불어라.
　　파도가 하얗게 솟아오르게
　　있는 힘껏 불어라."

　　그러자 정말 바람이 불어왔어요. 파도가 더 높이 솟아올랐고,
이번에는 물의 요정들이 노래했어요.

"팁토스가 바람이 불어오라고 말했네.

파도는 크고 높다랗게 솟아오르네.

파도는 모두 눈처럼 하얀 왕관을 쓰고 있네.

그리고는 철썩철썩 소리를 내며 부서지네."

물의 요정들이 파도타기를 하며 기쁨의 탄성을 질렀어요. 그러면서 거품이 이는 바닷속을 들락날락거리며 신나게 수영했어요.

12

솔방울과 후추단지가
바닷게를 만나요

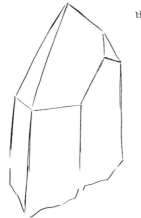

솔방울과 후추단지는 바다로 가지 않고 바위틈 웅덩이들 근처에 머물러 있었어요. 그들은 바위들 속에서 분홍색 줄무늬가 있는 작은 수정들을 찾아냈어요. 솔방울은 또 눈처럼 하얀 수정 하나도 발견했어요. 이 수정은 햇살에 반짝반짝 빛났어요.

갑자기 바람이 세게 불어오기 시작했어요.

"바람이 왜 이렇게 심하게 부는 거지?"

솔방울이 물었어요.

"모르겠어. 아까는 바람이 전혀 불지 않았는데 말이야. 저기, 파도가 얼마나 높게 이는지를 좀 봐."

후추단지가 대답했어요.

바위틈 웅덩이 하나를 발견한 그들은 그 안에 들어가 몸을 웅
크리고 앉아서 바람을 피했어요.

"바닷게 노래를 불러줄래?"

후추단지가 요청했어요.

솔방울이 노래를 불러줬어요.

"푸른 물 아래,

바위틈 웅덩이 푸른 물 아래,

바닷게 한 마리가 살고 있을까?

만약 있다면 바닷게야,

네 모습을 우리한테 보여 주렴.

셋을 셀 동안 짜잔 하고 나오는 거야.

하나, 둘, 셋!"

정말로 바위틈 웅덩이 안에는 바닷게
한 마리가 있었어요. 노래를 들은 바닷
게가 옆으로 종종대며 물 밖으로
서둘러 나왔어요. 그리고
땅의 요정들 앞에
서 멈췄어요.

"누가 날 부른 거야?"

바닷게가 물었어요.

"내가 불렀어. 내가 부르는 노랫소리를 들었니?"

솔방울이 대답했어요.

"응, 들었어."

바닷게가 대답했어요.

"그런데 노랫소리를 들은 내 발들이 내 허락도 없이 이리로 걸어 나오더라. 대체 넌 어떻게 그렇게 할 수 있니?"

"바닷게를 불러내는 노래이기 때문이야."

솔방울이 대답했어요.

"우리는 지금 수정들을 찾고 있어."

"근데 왜 나를 부른 거야? 나는 수정이 아니잖아!"

바닷게가 물었어요.

"우리는 너처럼 이곳에 살지 않잖아. 너 혹시 커다란 수정들을 본 적 있니?"

후추단지가 물었어요.

"응, 본 적이 있어. 이리 따라와 봐."

바닷게가 말했어요.

바닷게는 종종거리며 절벽 쪽 바위들을 기어 올라갔어요.

"그런데 바람이 몹시 심하게 부는걸. 꼭 폭풍우 칠 때와 같아. 하늘에는 구름 한 점이 없는데 참 이상하네."

바닷게가 이상하다는 듯 고개를 갸웃거리며 말했어요.

바닷게는 절벽에 나 있는 좁다란 틈새로 기어갔어요. 솔방울과 후추단지도 그 뒤를 따라갔답니다. 틈새로 기어들어가기 위해서 그들도 바닷게처럼 옆걸음질을 치며 뒤따라가야 했어요.

몇 발자국 더 들어가니 좁은 틈새가 확 넓어지면서 동굴이 하나 나타났어요.

"바로 저기야."

커다란 집게발로 동굴 뒤쪽을 가리키며 바닷게가 말했어요.

"이제 저곳을 잘 살펴보면 너희들은 아주 즐거운 시간을 보내게 될 거야."

동굴 입구를 통해 햇빛이 비춰 들었어요. 푸른빛 수정 위에 햇

살 한 자락이 살포시 내려앉았어요. 아주 큰 수정이었어요.

"가까이 다가가서 안쪽을 살펴봐."

바닷게가 말했어요.

솔방울과 후추단지는 안쪽으로 들어가서 푸른 수정을 들여다 보았어요. 그곳에 있는 수정은 짙은 푸른색이었는데, 한밤중의 검 푸른 하늘빛처럼 아주 진한 푸른색이었어요.

"마치 별들을 보는 것 같아! 밤하늘 별들처럼 반짝반짝거리네. 수많은 별들처럼 말이야!"

땅의 요정들이 동시에 소리쳤어요.

"좀 더 자세히 살펴보도록 해. 수정 가운데를 잘 들여다보라 고."

바닷게가 다시 말했어요.

땅의 요정들은 수정 가운데를 열심히 들여다보았어요.

"해님이야! 푸른 하늘에 노란 해님이 떠 있고, 그 옆으로 수많 은 별들이 반짝거리고 있어."

후추단지가 감탄하며 외쳤어요.

그들은 오랫동안 수정을 들여다보았어요. 예전에는 그런 수정 을 한 번도 본 적이 없었거든요.

하늘에 떠 있던 해님이 천천히 움직이다가 멈춰서 동굴 속을 환히 비춰 주었어요.

"이제 사라지려고 하네."

조금 섭섭해진 땅의 요정들이 말했어요.

"원하면 언제든지 다시 와서 볼 수 있잖아."

바닷게가 말했어요.

"맞아, 그러면 되겠다! 우리는 이곳에 다시 올 거야!"

땅의 요정들이 대답했어요. 그리고는 바닷게의 뒤를 따라서 수
정 동굴 밖으로 나왔어요.

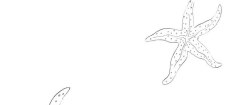

13

제러미가 검은딸기들을 따요

제러미는 팁토스와 함께 해변을 걷고 싶지 않았어요. 또 수정을 찾는 일도 땅의 요정들한테나 중요한 일이라고 생각했어요. 그래서 제러미는 생쥐 친구인 제미마 집에 놀러 가려고 재빨리 뛰어갔어요. 제미마는 모래 언덕이 숲과 만나는 모래 기슭 안에 살고 있어요.

"제미마, 제미마. 혹시 집에 있니?"

제미마가 문 밖으로 고개를 쑥 내밀었어요.

"여기에 어쩐 일이니?"

놀란 제미마가 물었어요.

"우리는 문어의 엉킨 다리를 풀어 주려고 이곳에 왔어."

제러미가 대답했어요.

"또 엉켰다니! 대체 문어는 여덟을 세는 걸 언제쯤 배울까?"

제미마가 웃으며 말했어요.

제러미도 모르겠다는 듯이 머리를 가로저었어요. 제러미는 약간 수줍어했어요. 제미마를 좋아하기 때문이랍니다. 제미마는 아름다운 털과 아주 끝내주게 기다란 꼬리를 갖고 있어요.

"함께 검은딸기를 따러 가자. 지금쯤이면 아주 잘 익었을 거야."

제러미가 말했어요.

검은딸기들은 아주 잘 익은 상태였어요. 투명하게 반짝거리는데다 아주 달콤하기까지 했어요. 제러미는 검은딸기 나무에 올라간 다음에 가지 끝으로 조금씩 다가가서 단단히 매달렸어요.

제러미의 몸무게가 실린 딸기 가지 끝이 땅 쪽으로 기울어지게 말이에요. 그래야 제미마가 맛있는 검은딸기를 쉽게 딸 수 있으니까요.

"조심해! 떨어지면 안 되니까."

가지가 위아래로 움직이자 제미마가 말했어요.

그런데 갑자기 바람이 불기 시작하네요. 순식간에 일어난 일이기 때문에 제러미는 가지에서 내려올 시간이 없었어요.

"꼭 잡아! 가지를 꼭 잡고 있어!"

제미마가 크게 외쳤어요.

"힘껏 붙잡고 있는 중이야."

바람이 나뭇가지를 위아래로 흔들어 대자 제러미가 소리쳤어요. 바람은 가지를 옆으로도 흔들고 심지어 빙빙 돌리기까지 했어요. 그러다가 어느 순간 강한 돌풍이 불어왔고 제러미는 더 이상 가지에 매달려 있을 수가 없었어요.

제미마 눈에 두 다리와 꼬리가 바람에 흔들리며 마치 새처럼 공중으로 날아가는 제러미 모습이 보였어요. 눈앞에서 사라지기 전에 제러미가 뭐라고 외쳤는데 잘 들리지가 않았어요. 하지만 "도오오오오오오와줘!!!"라는 소리처럼 들렸어요.

"제러미, 제러미, 어디 있니?"

제미마가 울면서 그를 찾으러 뛰어갔어요.

"나 여기 있어."

제러미가 저쪽에서 소리쳤어요.

제미마가 주위를 빙빙 돌며 뛰어다녔지만 그를 찾을 수가 없었어요.

"나 여기 있다고."

제러미가 다시 불렀어요. 하지만 제미마는 여전히 그의 모습을 찾지 못했어요.

"제미마, 위를 올려다 봐. 난 나무 위에 있다고."

위를 올려다보니, 자작나무 꼭대기 위에 안전하고 건강한 모습으로 제러미가 앉아 있었어요.

"너도 여기 올라오면 엄청나게 많은 것들을 볼 수 있을 거야."
제러미가 외쳤어요.

"여기서는 절벽들과 바위틈 웅덩
이들이 보여. 또 팁토스가 해변
을 따라 걷는 모습도 볼 수
있어. 심지어 러닝 강도 보이
는걸. 그리고 어쩜! 우리의 도
토리 배도 저기 있네. 바닷가
까지 떠내려가 있어. 팁토스
에게 그 사실을 말해 줘야
겠다."

제러미는 최대한 잽
싸게 나무 아래로 쪼르
르 내려왔어요. 그리고는
자기들 배가 어디 있는지
를 말해 주려고 팁토스에
게 달려갔어요.

14

둥둥 떠다니는 집

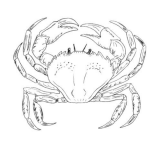

솔방울과 후추단지는 바닷게가 바위틈 웅덩이에 있는 자기 집 안으로 기어갈 때 손을 흔들며 작별 인사를 했어요.

"시간이 늦었어. 팁토스와 제러미를 찾아보자."

솔방울이 말했어요.

그들은 바위들을 기어오른 다음에 해변 쪽을 향해 걸어갔어요.

"저기 있다. 그런데 제미마도 함께 있는걸."

후추단지가 바닷가를 가리키며 말했어요.

"근데 그들이 물 밖으로 끌어내고 있는 건 뭐지? 무슨 배 같은데 말이야."

"배가 맞아."

가까이 다가가며 솔방울이 대답했어요.

"내가 뭘 찾았는지 한번 보라고."

제러미가 외쳤어요.

"바로 우리 도토리 배야. 폭풍이 불었던 탓에 우리 배가 강둑을
벗어나서 러닝 강을 떠내려가다가 바다로 흘러간 모양이야. 그러
다가 바람이 다시 불어서 지금은 우리 배를 이곳으로 데려다 준
거야. 우리 배가 굉장한 모험을 한 셈이지."

"세상에나, 대체 어떻게 이 배가 여기로 다시 올 수 있었지? 이
제 너희들은 이 배를 타고 집으로 갈 수 있겠구나."

솔방울이 말했어요.

"시간이 꽤 늦었어. 제러미와 내가 돛을 잡고
이 배를 조종할 테니까 너희들도 너희
배를 노 저어 가면 되겠다."

팁토스가 말했어요.

"아니야, 우리는 여기에
좀 더 머물러 있을래.
여기서 정말 아름다
운 수정을 보았는
데 내일 또다시
보고 싶어서
그래."

후추단지가 대답했어요.

제러미는 머리를 긁적였어요. 왜 그들이 이틀 연달아서 수정을 보고 싶어 하는지를 제러미로서는 이해할 수 없었어요. 하지만 사실 제러미는 수정 동굴 속에 있는 푸른 수정을 본 적이 없었어요.

팁토스와 제러미는 배를 물 위로 띄우고 그 안에 탔어요.

"잘 있어, 솔방울과 후추단지야. 제미마도 잘 있어."

배가 러닝 강 위로 떠내려갈 때 그들이 소리쳐 인사했어요.

"잘 가, 안녕!"

제미마와 땅의 요정들이 손을 흔들었어요.

해님은 하늘에 낮게 걸려 있었고, 바람은 계속 불어와서 그들이 탄 배가 항해하도록 해 주었어요. 그들은 오리네 집을 지나쳤어요. 지금은 엄마 오리가 새끼 오리들과 함께 둥지에 앉아 있네요. 새끼 오리 몇 마리는 벌써 잠들었고,

몇 마리는 엄마 날개 밑에서 몰래 밖을 내다보았어요.

팁토스와 제러미는 커다란 바위도 지나쳤어요. 하지만 지금은 아무도 없이 텅 비어 있어요.

해님이 천천히 서쪽으로 가라앉고 있어요. 그러자 은빛 달이 하늘로 떠오르기 시작했어요. 강 위는 곧 춤추듯 아른거리는 달빛으로 가득 덮였어요.

강가에 도착한 그들이 도토리 배를 묶어 놓을 때, 별들이 하늘에서 반짝반짝 빛났어요. 산들바람도
아주 부드럽게 불어
왔답니다.

"잘 자. 제러미."

커다란 참나무에 높이
매달린 도토리 집에서
팁토스가 노래
하듯 밤 인사

를 건넸어요.

"잘 자. 팁토스."

커다란 참나무 뿌리 사이에 있는 자기 집에서 제러미도 대답했어요. 그런 뒤 제러미는 머리 주위로 꼬리를 둥글게 말고서 잠이 들었답니다.

제2부

호박 까마귀

15

팁토스는
까마귀 아저씨를 만나요

팁토스의 도토리 집은 커다란 참나
무 꼭대기 근처에 있는 가지에 매
달려 있어요. 산들바람이 불
면 집이 이리저리 흔들리
기도 해요. 하지만 절대
떨어지는 일은 없답니다.

왜냐하면 그 도토리 집은
마법의 주문으로 가지에 딱 달라붙어 있기 때문이에요. 그 안에
서 요정 팁토스는 금빛 머리카락을 빗으며 노래를 부르고 있어요.

"가을이 안개 빛 옷을 갈아입고,
　모든 나뭇가지에는 이슬방울들이 성스럽게 떨어지네.

　나뭇잎들 하나둘 떨어지면 밤은 점점 길어지고,
　러닝 강은 즐겁게 노래하네.

까마귀들이 나무 사이를 날며 외치고,
한 마리는 여기로 다가와 나를 귀찮게 군다네!"

"까악, 까악!"

까마귀 아저씨가 팁토스의 집 창문을 들여다보며 큰 목소리로 인사했어요.

"까마귀 아저씨, 까악, 까악!"

허리에 양손을 올린 채 팁토스가 까마귀 소리를 내며 인사했어요. 까마귀 아저씨 때문에 살짝 짜증이 났기 때문이에요. 노크도 하지 않고 남의 집 창문으로 들여다보다니 무례하잖아요.

그런데 가만 보니까 까마귀 아저씨가 왠지 불안해 보여요. 평소 모습이 전혀 아닌 것 같아요. 양발을 번갈아가며 폴짝거리고, 또 가지에다가 자기 부리를 계속 문지르고 있는 거예요.

"너 혹시 우리 큰 삼촌 '두 개의 꼬리'와 그의 부인 '벗겨진 머리'를 아니?"

까마귀 아저씨가 물었어요.

"물론 알아요."

팁토스가 대답했어요.

"그 삼촌 부부한테는 다섯 아이들이 있단다. 그 애들은 우리 할머니 쪽으로 해서 내 두 번째 조카들이지."

까마귀 아저씨가 말했어요.

고개를 끄덕이긴 했지만, 팁토스는 아무 대꾸도 하지 않았어요. 되도록이면 그의 이야기에 별 관심이 없고 귀찮다는 표정을 지어 보이려고 했기 때문이에요.

까마귀들은 흔히 대가족을 이루고 살아요. 그리고 자기 가족이나 친척들에 대해서 이야기하기를 아주 좋아한답니다. 가령 이모나 고모들, 삼촌들, 조카나 사촌들, 할머니와 할아버지가 다섯 번이나 이사했다는 그런 이야기들을 말이에요. 그러니까 까마귀한테는 가족이나 친척에 대해서 물어보면 절대 안 되는 거죠. 하염없이 그 이야기들을 듣고 또 들어야 하니까요.

"내 두 번째 조카들의 이름은 '검은깃털 까마귀', '검은눈 까마귀', '검은발 까마귀', '검은발가락 까마귀', 그리고… 그리고…"

"그리고 뭔데요?"

팁토스가 물었어요. 지금은 약간 호기심이 일기 시작했거든요.

"그리고 호박 까마귀야."

불안스레 주위를 둘러보며 까마귀 아저씨가 귀에 거슬리는 소리로 작게 투덜거렸어요.

"호박 까마귀라고요!"

깜짝 놀란 팁토스가 크게 외쳤어요.

"그래."

난처한 듯 쩔쩔매며 까마귀 아저씨가 말했어요.

"지난 가을에 그 애 머리가 호박 안에 꽉 끼어 버린 적이 있

었잖아. 그래서 그런 이름을 얻게 된 거야. 그리고 지금… 그러
니까…"

까마귀 아저씨는 이야기를 마저 하고 싶지가 않은 것 같아요.
왜냐하면 친척 입장에서 보면 대단히 난처한 일이기 때문이에요.

"그래요, 알고 있어요."

까마귀들이 자기 가족이나 친척들에 대해 얼마나 자랑스러워
하는지를 잘 아는 팁토스가 말했어요.

"그런데 왜 이 모든 이야기를 지금 내게 하고 있는 거예요?"

그녀가 물었어요.

"그러니까… 지금…. 좀 그런 것 같아."

까마귀 아저씨는 제대로 말을 못하고 불안스레 더듬거렸어요.

창피한 모양인지 까마귀 아저씨 얼굴이 붉어졌어요.(얼굴이 붉
어진 까마귀 모습이란 얼마나 이상한지 모른답니다!)

"그러니까… 지금… 호박 까마귀가 또다시 호박 안에 자기 머
리가 끼어 버렸단다."

까마귀 아저씨가 겨우 이야기를 이어갔어요.

팁토스는 웃음이 나오는 걸 애써 참았어요.

"재미난 일이 아니란다. 정말로 그 애 머리가 호박 속에서 꼼
짝을 못한단다!"

까마귀 아저씨가 말했어요.

"알았어요. 내가 한 번 가볼게요."

팁토스가 말했고, 그들은 함께 날아올랐어요.

16

호박 까마귀를 잡아당겨요

팁토스와 까마귀 아저씨는 농부 존의 밭 위로 높이 날아갔어요. 초록빛으로 덮인 밭들도 있지만 황금빛 밭들도 있었어요. 또 짙은 갈색인 밭도 있어요. 그들은 농부 존이 과수원에서 아들 톰과 함께 일하는 것을 보았어요.

농부 존과 아들이 지금 감을 따고 있네요. 벌써 감나무 잎들이 다 떨어진 상태예요. 대신 밝은 주홍빛 감들이 잔뜩 달려 있어요. 주홍빛 감들 덕분에 과수원은 마치 중국의 축제 때 등장하는 붉은 초롱들이 잔뜩 매달려 있는 것처럼 보여요. 그래서 꼭 축제날 같아요.

팁토스와 까마귀 아저씨는 금방 호박 밭으로 다가갔어요. 그 밭에는 수백 개의 호박들이 있었지만, 그들은 문제의 호박을 재빨리 찾아냈어요. 바로 호박 까마귀의 머리가 꼭 끼어 있는 그 호박 말이에요.

"어떻게 이 애의 머리를 빼내야 하는 걸까?"

까마귀 아저씨가 물었어요.

"우선 잡아당겨 보도록 해요."

팁토스가 대답했어요.

그래서 까마귀 아저씨가 자기 부리로 조카의 꼬리 깃털을 꽉 물었고, 뒤에 선 팁토스는 까마귀 아저씨의 꼬리 깃털을 꽉 붙잡았어요. 그들이 있는 힘껏 잡아당겼지만 호박 까마귀는 꼼짝도 하지 않았어요. 호박 안에 아주 꽉 끼어 있기 때문이에요.

"팁토스, 네가 마법을 쓰면 안 될까?"

까마귀 아저씨가 기대를 갖고 물었어요.

"호박에서 까마귀를 빼내는 주문은 아는 게 하나도 없는 걸요."

팁토스가 대답하면서 머리를 긁적이다가 머리카락들을 비비 꼬았어요.

"가서 제러미를 데려와야겠어요. 아마 도와줄 수 있을 거예요."

마침내 팁토스가 말했어요.

17

호박 까마귀를
또다시 잡아당겨요

팁토스가 찾아가 보니 제러미는 밀밭에서 이삭을 줍고 있었어요.

"까마귀 아저씨의 조카의 머리가 호박 안에 꽉 끼어 버렸어. 네가 도와줘야 해. 우리만으로는 그를 빼낼 수가 없었어."

팁토스가 말했어요.

"또 그랬구나!"

제러미가 한숨을 쉬며 말했어요.

"금방 갈게."

그리곤 곧 호박 밭에 도착했어요. 제러미는 한참 동안 머리를 긁적이고 자기 수염을 잡아당기며 곰곰 생각했어요.

"어떻게 해야 할지 잘 모르겠어. 빼내기가 아주 어려워 보여서 말이야."

제러미가 말했어요.

불쌍한 호박 까마귀. 가끔씩 그도 호박 안에 끼어 버린 자기 머리를 빼내 보려고 힘껏 잡아당겨 보기도 했어요. 어떤 때는 날개를 퍼덕거리기도 했어요.

또 큰 소리로 뭐라 말하기도 했지만, 호박 안에서 웅얼거리며 들려와 누구도 알아들을 수 없는 소리예요. 어찌 보면 호박한테 나는 법을 가르치려고 애를 쓰는 것 같기도 했어요.

하지만 호박은 조금도 움직이지 않았어요. 그냥 땅 위에 조용히 주저앉아 있을 뿐이랍니다.

"우리 모두가 힘을 합해서 힘껏 잡아당겨 보자."

제러미가 드디어 이렇게 제안했어요.

그래서 까마귀 아저씨가 조카 호박 까마귀의 꼬리를 부리로 붙잡고, 제러미가 까마귀 아저씨의 꼬리를 붙잡았어요. 그 뒤에서 팁토스가 제러미의 꼬리를 잡았고요.

그런 다음에 그들은 있는 힘껏 잡아당기고, 또 잡아당기고, 또 잡아당겼어요. 하지만 호박 까마귀의 머리가 호박에서 전혀 빠져나오질 않아요.

"아이고, 이걸 어쩌나! 도대체 어쩌면 좋지?"

까마귀 아저씨가 외쳤어요.

18

땅의 요정들은
까마귀 아저씨와 팁토스가
날아가는 것을 보았어요

솔방울과 후추단지는 움푹 들어간 나무 구멍 속에다 도토리 같은 열매들을 저장하는 다람쥐를 도와주고 있어요. 후추단지는 열매들을 가지런히 쌓아 놓는 일을 하고, 솔방울은 땅에 떨어진 열매들을 주워 모았어요.

다람쥐는 양 볼에 열매 하나씩을 물고, 또 이빨 사이에도 하나를 물고는 나무둥치를 열심히 오르락내리락거렸어요. 얼마 지나지 않아 텅 비었던 나무 구멍 안이 천장까지 가득 찼어요. 그러자 후추단지가 나무에서 내려왔어요.

"다 마쳤구나."

앞발을 문지르고 즐겁게 꼬리를 흔들면서 다람쥐가 말했어요.

"먹을 양식이 이제 이렇게 많이 쌓였으니 다가올 겨울에 배고 플 일은 없을 거야."

그리고는 자기 보금자리에 깔 마른풀을 찾으러 깡충거리며 달려갔어요.

솔방울과 후추단지는 숲을 어슬렁거리며 산책하기로 했어요. 부드러운 산들바람이 불면서 나뭇가지들을 가볍게 흔들었어요.

그러자 황금빛 이파리들이 팔랑거리며 떨어졌어요. 숲속엔 버섯들이 머리를 꼿꼿이 쳐들고서 여기저기 솟아나 있어요.

땅의 요정들은 소나무 아래에 숨어 있는 송이버섯들을 찾아보았어요. 송이버섯은 정말 맛있거든요. 특히 가을에 송이버섯으로 찌개를 만들어 먹으면 최고랍니다.

"와, 저기 봐! 팁토스와 까마귀 아저씨잖아. 무엇 때문에 저렇게 빨리 날고 있는 걸까?"

솔방울이 하늘을 가리키며 말했어요.

"무슨 일인지 알아보러 가자."

솔방울과 후추단지가 서둘러 달려갔어요.

숲 가장자리에 도착해 보니 하늘을 날던 팁토스와 까마귀 아저씨가 마침 땅으로 내려오는 게 보였어요.

"호박 밭으로 내려가고 있구나."

숨을 헉헉대며 솔방울이 말했어요. 달려오느라 숨이 찼던 거예요.

마침내 그들은 호박 밭에 도착했어요. 하지만 그곳에는 엄청나게 많은 호박들과 넝쿨들만 가득했어요. 그들은 줄기를 따라서 가장 큰 호박 위로 기어 올라갔어요. 가장 커다란 호박 꼭대기에 올라가서 주변을 찾아보려고요.

"저기 있다! 바로 저쪽에 있어."

솔방울이 손으로 가리키며 소리쳤어요.

"팁토스, 팁토스."

후추단지가 큰 소리로 불렀어요.

"팁토스, 팁토스."

솔방울도 같이 불렀어요.

19

호박 까마귀를
다시 한 번 잡아당겨요

팁토스는 솔방울과 후추단지가 부르
는 소리를 들었어요.

"여기 있어. 너희들도 이쪽으로 빨리
와! 까마귀 아저씨의 조카가 호박 속에
꽉 끼어서 나오질 못하고 있어."

팁토스가 소리쳤어요.

"이런, 세상에 어쩌면 좋아!"

호박 까마귀의 모습을 본 솔방울이
말했어요.

"아이고, 이런! 이런 모습은 난생 처음 보네."

후추단지도 말했어요.

"그런데 어떻게 하면 그를 꺼낼 수 있을까?"

까마귀 아저씨가 그들에게 물었어요.

솔방울과 후추단지는 한참 동안 자기들 수염을 긁적였어요. 또
한 쓰고 있던 빨간 모자를 벗고서 양쪽 귀를 잡아당기기도 했어

요. 그런 다음 다시 모자를 썼어요. 골똘히 생각할 때면 땅의 요정들이 으레 하는 행동이랍니다.

"우리 모두 힘을 합쳐서 다시 잡아당기자."

마침내 솔방울이 말했어요.

다시 한 번 까마귀 아저씨가 자기 부리로 호박 까마귀의 꼬리를 붙잡고, 솔방울이 까마귀 아저씨의 꼬리 깃털을 붙잡고, 후추단지가 솔방울의 외투 끝자락을 붙잡고, 제러미가 후추단지의 외투 끝자락을 붙잡고, 맨 마지막으로 팁토스가 제러미의 꼬리를 붙잡았어요. 그리고는 모두 함께 있는 힘껏 잡아당기고, 또 잡아당겼어요.

그러던 중 갑자기 호박 까마귀의 머리가 '퐁!' 하고 빠져나왔어요. 그 바람에 모두들 뒤로 넘어지면서 엉덩방아를 찧었어요.

"켁, 켁!"

호박 까마귀가 켁켁거렸어요.

"까옥, 까옥!"

까마귀 아저씨가 까옥까옥 소리쳤어요.

"아이쿠, 아이쿠!"

솔방울과 후추단지가 투덜댔어요.

"찍, 찍, 찍!"

제러미가 비명을 질렀어요.

팁토스는 한 손으로 입을 가리고 킥킥 웃었어요. 그녀는 무척이나 잽싸고 민첩한 까닭에 모두가 엉덩방아를 찧을 때도 재빨리

빠져나와 뒤로 넘어지지 않았거든요.

"와, 빠져나왔어! 난 이제 자유야!"

호박 까마귀가 두 날개를 퍼덕이고 빙글빙글 춤을 추며 외쳤어요.

"고마워요! 정말 고마워요! 나를 끄집어내 줘서 모두들 고마워요."

"그런데 어떻게 하다가 넌 호박 속에 머리가 끼게 된 거야?"

넘어진 자리에서 일어난 솔방울이 바지에 묻은 흙을 털면서 물었어요.

"저 호박이 아주 마음에 들었거든요."

호박 까마귀가 말했어요.

"그래서 부리로 콕콕 쪼아 보았어요. 그랬더니 호박에 구멍이 뚫리는 거예요. 그리고 그 안에 들어 있는 아주 맛있는 호박씨들이 잔뜩 보였어요. 그래서 호박씨를 먹으려고 머리를 점점 더 깊이 들이밀었는데… 이상하게 머리가 빠져 나오지 않는 거예요."

"하지만 어떻게 이런 바보 같은 짓을 두 번이나 할 수가 있는 거냐?"

까마귀 아저씨가 짐짓 화를 내며 조카를 꾸짖었어요. 까마귀 아저씨는 이 모든 소동으로 제일 짜증이 났답니다. 틀림없이 이 얘기가 온 동네방네로 금방 퍼질게 뻔했기 때문이에요.

"호박씨는 너무나 맛있잖아요. 먹고 싶은 것을 도저히 참을 수가 없었단 말예요."

호박 까마귀가 말했어요.

"하지만 다시는 그러지 않겠다고 약속할게요."

그런 뒤 그는 날개를 펼치고 숲 쪽으로 날아갔어요.

"뭘 몰라도 한참이나 모르는 바보 같으니라구!"

까마귀 아저씨가 중얼거리면서 조카 뒤를 따라 날아갔어요.

20

호박씨를 긁어모아요

"이것은 다가올 긴긴 겨울밤에 들려주기 딱 좋은 이야기야."

솔방울이 즐겁게 외쳤어요. 멋진 이야기를 들려주는 일을 아주 좋아하거든요.

"맞아, 맞아! 아주 멋진 이야기가 될 거야."

무척 기쁜 듯이 두 손을 즐겁게 비벼 대며 후추단지도 말했어요.

"그런데 제러미는 어디 있지? 안 보이는데 어디로 간 거지?"

주위를 살펴보던 팁토스가 물었어요. 그러고 보니 제러미가 보이질 않아요.

"제러미, 제러미."

팁토스가 큰 소리로 불렀어요.

"제러미, 제러미."

땅의 요정들도 불렀어요.

"나 여기 있어."

호박에 생겨난 구멍 안에서 제러미가 불쑥 머리를 내밀며 말했어요.

"호박씨들이 정말 맛있어. 호박 까마귀가 이걸 그토록 먹고 싶어 했던 이유를 이해 할 수 있을 것 같아."

그런 다음 다시 호박 안 으로 사라졌어요.

"그러면 호박씨를 좀 가지고 나오지 그래."

후추단지가 크게 말했어요.

"오늘 밤에 난롯불에 구워 먹으면 좋을 테니까 말이야. 살짝 소금을 치면 훨씬 맛있어질 거야."

그 말을 들은 제러미가 구멍 입구로 호박씨들을 모아서 가져 왔어요. 땅의 요정들은 그걸 받아서 자기 호주머니에 담았어요.

마침내 제러미가 호박 밖으로 나왔네요. 그런데 온몸이 주홍색으로 푹 젖어 있어요. 그리고 그의 배는 통통하게 볼록 나와 있었어요.

"이제 집에 가서 불을 피우자."

후추단지가 제러미에게 말했어요.

"우리가 호박씨를 구울 동안에 넌 몸을 말릴 수 있을 거야."

그리고 그들은 숲으로 걸어갔어요.

팁토스는 잠시 호박 밭에 남아 있었어요. 호박 위에 앉은 그녀는 해님이 서쪽으로 기울어가는 모습을 가만히 바라보았어요. 해님은 불타오르는 것처럼 붉은빛으로 빛나고 있어요. 하늘에는 회색빛 구름이 낮게 걸려 있고요.

곧이어 저녁 안개가 땅에서 피어올랐답니다. 또 하늘에는 은빛 초승달이 높이 떠가고 있어요. 공기가 서늘해지고 축축해졌어요.

"여름이 정말 끝났구나."

이런 생각을 하던 팁토스가 가을 달님 노래를 불렀어요.

"가을 달님이 높이 떠가네요.

달님은 멋지게 반짝이는 별님들을 사랑하지요?

달님은 들판에 내리는 저녁 안개를 사랑하지요?

또 붉은빛에 감싸인 황금색 나무들도 사랑하지요?"

그런 다음 팁토스도 친구들의 뒤를 따라 날아갔어요.

21

수정 불 이야기

팁토스가 솔방울과 후추단지 집에 도착했을 때는 난로에서 불이 활활 타고 있었어요. 솔방울은 커다란 프라이팬에 호박씨를 굽고 있어요. 몸을 깨끗이 씻은 제러미는 난로 옆 깔개에 조용히 앉아 있어요. 잠이 든 것처럼 보였어요.

밖이 어두워졌고 숲에서는 부엉이가 '후우, 후우' 하고 울고 있어요. 솔방울은 촛불 하나를 켜서 튀어나온 벽 선반에 올려놓았어요. 그들은 구운 호박씨를 와삭와삭 맛있게 먹었어요. 땅의 요정들 집은 안전하고 쾌적했어요.

"팁토스, 이야기 하나 들려줘."

솔방울이 말했어요.

"그래, 이야기를 들려줘."

불 가까이서 몸을 둥글게 말고 있던 제러미도 말했어요.

"그렇다면, 무슨 이야기를 할까?"

팁토스가 물었어요.

"수정 불 이야기를 들려줘. 난 그 이야기가 참 좋더라."

솔방울이 말했어요.

"그래, 그래. 나도 아주 좋아하는 이야기야."

후추단지도 덧붙였어요.

팁토스는 미소를 지은 다음 무릎에다 두 손을 가지런히 모은 채 이야기를 시작했어요.

"옛날 옛날에, 세상에는 불이 딱 하나만 있었대. 그 불은 바다 밑에 있는 깊은 산 속에 숨겨져 있었단다. 그 불 옆에는 '불꽃'이란 이름의 불의 정령이 언제나 지키고 있었지. 불은 오목한 수정 그릇 안에서 타고 있었는데, 절대로 꺼지지 않았어. 불은 '불꽃' 정령이 살 수 있도록 영양분을 주었고, 이 불 덕분에 정령은 따뜻하게 지낼 수 있었지. 또한 불에서 나오는 빛 때문에 정령은 땅 밑에 있

는 모든 것들과 땅 위에 있는 모든 것들을 볼 수 있었단다. 그래서 정령은 행복했지.

그리고 아주 많은 세월이 흐른 어느 날, 불꽃 정령은 세상을 둘러보다가 달빛이 환히 비치는 연못에서 놀고 있는 물의 정령을 보았어.

'오, 참으로 아름다운 정령이구나. 난 그녀를 찾아가고 싶어.'

불꽃 정령은 이렇게 생각했단다.

그날부터 불꽃 정령은 더 이상 행복하지가 않았어. 세상에 존재하는 유일한 불을 사랑했지만 또한 연못에 사는 물의 정령도 사랑했기 때문이야. 그런데 물과 불은 서로가 너무나 다르잖아.

그래서 불꽃 정령은 결코 마음이 평화롭지 않았지. 그의 마음은 찢어질 것 같았고, 점점 더 슬프기만 했어.

불꽃 정령이 이렇게 점점 더 슬픔에 잠기게 되자 세상에 존재하는 유일한 불 또한 수정 그릇 안에서 점점 작아져 갔어. 마침내 불꽃 정령은 그 불이 죽어가고 있다는 사실을 깨달았어. 그리고 자신은 더 이상 그 불을 돌보고 지킬 수가 없다는 사실도 깨달았어. 그래서 그는 그 불을 땅 위로 가지고 올라가서 땅 위에다 놓아두었단다.

그런 다음 불꽃 정령은 물의 정령을 찾아갔어. 그들은 함께 행복하게 지내면서 많은 아이들을 낳았지. 심지어 오늘날에도 축축

한 웅덩이가 있는 곳들에서 깜빡깜빡 빛을 내는 그 아이들을 볼
수가 있단다. 불꽃 정령과 물의 정령의 아이들이야."

"그런데 불이 담긴 그릇은 어떻게 되었어?"
제러미가 물었어요.

"그러자 온 세상 모든 생물들이 그 이상한 불을 보려고 모여들
었어. 왜냐하면 여태까지는 그들이 불을 한 번도 본 적이 없었기
때문이야. 어떤 이들은 불을 무서워하면서 도망갔어. 또 어떤 이
들은 불을 만졌다가 다치기도 했단다. 그러면 다시는 불을 만지
지 않았지. 그리고 나방 같은 애들은 불이 너무나 아름답다고 생
각하는 바람에 불속으로 뛰어들곤 했어. 그러면 불에 타 죽고 말
아. 그래서 불은 모든 동물들에게 도움이 되어야겠다고 생각했어.
그래서 누구도 불과 함께 살지 못하게 했던 거란다.
    어느 날 두 명의 인간이 불을 보러 왔어. 젊은 남자 한 명과 젊
은 여자 한 명이었어. 그들은 오랫동안 불 곁에 앉아서 불을 바라
보았어. 그런 다음 불을 가져갔단다. 이제는 인간들이 불을 갖게
되었고, 불을 활용하는 법도 알게 된 것이지."

"하지만 수정 그릇은 어떻게 되었어?"
제러미가 또 물었어요.
"인간들은 수정 그릇에 별 관심이 없어서 그걸 잃어버리고 말

왔단다."

팁토스가 말했어요.

"하지만 땅의 요정들의 왕인 카르나크가 그 수정 그릇을 찾아 냈고 비밀도 알아냈어. 그때부터 땅의 요정들이 수정을 자라게 하는 법을 알게 되었던 거야. 또 수정을 온갖 모양과 색깔로 다듬 을 줄도 알게 되었어.

만약 너희들이 수정 속을 자세히 살펴본다면, 그 안에서 반짝 반짝 빛나는 불꽃들을 볼 수 있을 거야. 수정 속에서 빛나는 불꽃 들은 아주 오래 전에 수정 그릇 속에서 타오르던 불을 기억하기 때문에 그렇게 반짝이는 거란다."

"그리고 이것이 이야기의 끝이야."

팁토스가 말했어요.

그런 뒤 그녀는 두 날개를 접은 채 제러미 곁에 포근히 자리를 잡고서 잠이 들었어요.

22

한밤중 정원에서

밤중에 후추단지가 잠이 깼어요. 밖은 아주 캄캄했고 밝은 별 하나만 창문가에서 빛나고 있었어요. 그 별이 후추단지의 잠을 깨웠던 거예요.

별은 후추단지에게 일어나서 정원에서 일할 시간이라고 말해 주었어요.

후추단지는 자기 머리를 둥글게 감싸고 있던 긴 수염을 풀었어요. 땅의 요정들은 수염으로 머리를 동그랗게 감싸고서 잠을 자거든요. 그는 허리띠를 차고 빨간 장화를 끌어당겨 신었어요. 그리고 지하실 문을 열고 계단을 내려갔어요.

아래로, 더 아래로 내려갔어요. 지하실로 통하는 계단들은 커

다란 바위를 깎아 만든 것인데 끝없이 이어져 있었어요. 계단이
땅 밑 깊숙한 곳에서 끝났기 때문에, 후추단지는 이제 좁은 통로
를 따라갔어요.

　통로는 처음에는 약간 올라갔다가 다시 약간 내려가는 길이었
어요. 마침내 동굴 입구가 나왔어요. 이곳이 바로 땅의 요정 솔방
울과 후추단지가 돌보고 가꾸고 있는 수정 정원이랍니다.

　동굴은 넓긴 했지만 그리 높지는 않았어요. 그곳에서 여러분이
발끝으로 우뚝 선다면 아마도 천장에 거의 닿을 거예요. 그곳에

는 바닥과 벽 그리고 천장까지 갖가지 종류의 수정들이 덮여 있어요. 푸른 수정들, 녹색 수정들, 옅은 노란색 수정들과 자수정이라고 부르는 보라색 수정들도 있어요.

어떤 것들은 크고 어떤 것들은 작았어요. 또 옆으로 넓게 퍼진 것도 있고, 키가 굉장히 큰 것도 있었어요.

우리 눈에는 수정 동굴이 어두워 보일 수도 있을 거예요. 하지만 후추단지는 수정 빛을 이용해서 모든 것을 볼 수 있답니다. 그래서 이 정원은 수많은 빛깔과 온갖 색으로 가득한 빛나는 곳이지요.

솔방울과 후추단지가 수정 씨앗을 기르는 요정들이기 때문에 그래요. 그들은 여기 땅 밑 정원에서 수정 씨앗을 길러 내요. 그러면 다른 땅의 요정들이 필요할 때 수정 씨앗들을 가져가곤 한답니다.

후추단지는 동굴 한가운데 서서 가만히 노래를 흥얼거렸어요. 노래를 흥얼거리다 보니 후추단지 마음이 한층 더 편안하고 고요해졌어요. 그렇게 고요히 서 있을수록 그의 모습도 점점 더 환히 빛났어요.

그의 모습이 빛날수록 하늘에 떠 있는 별들이 후추단지를 더욱 잘 볼 수 있어요. 그렇게 동굴은 별빛과 수정 빛으로 가득 차게 되었어요.

후추단지는 가만히 노래를 부르면서 별빛을 수정들 속에 새겨 넣었어요. 그러자 수정들이 점점 자라났어요. 또 바위 위에는 새로운 수정 씨앗들이 싹을 틔우는 공간도 있었어요. 흙 속에서 씨앗들이 자라는 것과 비슷해요. 마침내 후추단지가 노래를 멈췄어요. 이제 공중에는 수정 빛만이 깜빡거리며 희미하게 빛나네요.

　그는 다시 계단을 따라서 위로, 위로 올라왔어요. 끝없이 이어진 계단을 따라 올라와서 지하실 문이 있는 곳까지 왔답니다. 그런 뒤 방에 돌아와서는 장화를 벗고 다시 잠자리로 들어갔어요. 그리곤 머리 주위에 수염을 감싸고는 금방 잠들었답니다.

23

서리 거인 잭이 찾아왔어요

밤사이에 서리가 내렸는지 아침에 나온 해님이 서리 위에서 환히 빛났어요. 햇살이 제러미의 얼굴을 간질였어요.

"일어나렴, 제러미야. 잠꾸러기들을 깨워야 할 시간이란다."

해님이 제러미를 불렀어요.

제러미는 하품을 하고 기지개를 켰어요. 그리고는 팁토스가 눈을 뜰 때까지 그녀의 두 손을 잡고 흔들었어요.

"잘 잤니, 팁토스?"

팁토스를 아주 좋아하는 제러미가 물었어요.

제러미는 솔방울과 후추단지한테도 갔어요. 그들은 드르렁드르렁 코를 골며 자고 있네요. 수염은 여전히 그들의 머리 주변을 감싸고 있고요. 그래서인지 덥수룩한 수염 사이로 드르렁거리는 땅의 요정들의 코가 유달리 톡 튀어나온 것 같아요.

제러미 눈에도 덥수룩한 수염, 톡 튀어나온 코, 빨간 모자밖에 안 보일 정도니까요. 제러미는 그들의 발가락을 잡아당기며 말했어요.

"일어나, 이 잠꾸러기들아. 이제 일어날 시간이야."

솔방울과 후추단지는 툴툴거리면서 신음소리를 냈어요. 그래
도 머리 위로 두 팔을 뻗으면서 하품을 했어요. 그런 다음에 수염
을 풀고, 장화를 신고, 얼음물에 세수를 했어요.

"저기 봐! 지난밤에 서리 거인 잭이 찾아왔었나 봐. 올해 첫 방
문이야."

창문가에서 팁토스가 크게 소리쳤어요.

분명히 땅에 서리가 가득 덮여 있어요. 수정 같은 얼음 알갱이
들이 아침 햇살 속에서 반짝이는 게 보이거든요.

"그런데 서리 거인 잭은 땅의 요정이야, 아니야?"

제러미가 물었어요.

"땅의 요정이야."

후추단지가 대답했어요.

"아니야."

팁토스도 동시에 대답했어요.

"틀림없이 땅의 요정이라니까. 수정 알갱이들을 만들잖아."

후추단지가 단호하게 말했어요.

"분명히 아니라니까. 공중을 날아다니면서 나뭇잎들과 가지들 위에다 서리를 내려보내잖아."

팁토스도 지지 않고 말했어요.

"서리 거인 잭에게 직접 물어보면 어떨까? 그러면 정확히 알 수 있을 거야."

제러미가 말했어요.

"좋은 생각이야."

모두 맞장구를 쳤어요.

"그런데 서리 거인 잭은 어디에 살아?"

제러미가 물었어요.

팁토스와 후추단지가 서로를 바라보았어요. 그리고 둘 다 머리를 흔들다가 어깨를 으쓱했어요.

"사실은 우리도 잘 몰라."

"오, 이런! 그렇다면 우리가 모험을 떠나야 할 것 같아."

제러미가 외쳤어요.

"그 전에 우선 뭔가를 먹어야 하지 않을까?"

24

팁토스가 러닝 강에게
물어보았어요

아침 식사를 끝마칠 즈음에는 모든 서리들이 녹아서 사라졌어요. 그들은 숲을 가로질러서 러닝 강 쪽으로 향했어요. 팁토스 생각에 러닝 강은 서리 거인 잭이 어디에 사는지를 알 것 같았어요. 러닝 강은 아주 넓은 강은 아니지만, 굽이굽이 길게 흐르는 강이랍니다.

아마도 러닝 강은 뭔가를 알고 있을 거예요. 강둑에 이르렀을 때 팁토스가 노래를 불렀어요.

"오, 러닝 강아. 넌 그토록 힘차게 흐르는구나.
너의 정령을 나에게 보여 주렴.
서리 거인 잭이 어디에 사는지
말해 줄 수 있겠지?
네 모습을 보여 주렴, 팁토스가 말하네."

그러자 물속에서 러닝 강의 정령이 솟아올랐어요. 그녀는 뱀처

럼 길고 은빛으로 빛나는 몸을 하고
있어요. 또한 부드러운 청회색
날개들이 달려 있고, 물의 정
령답게 하늘하늘하고 아주 근
사한 머리를 하고 있어요.

 부드러운 두 눈과
이리저리 물결치는
머리카락을 가진 정말
로 아름다운 정령이
었어요.

“너희들은 서리 거인 잭을 찾고 싶은 거니?”
 러닝 강의 정령이 물었어요.
 “그래. 우리는 서리 거인 잭이 땅의 요정인지 아닌지를 알고
싶어.”
 팁토스가 말했어요.
 “나는 정확히 모른단다. 하지만 눈 덮인 산에 사는 나이 많은
할머니는 그가 어디 사는지를 알고 있을 거야.”
 러닝 강의 정령이 말했어요.
 “그 할머니를 어떻게 찾을 수 있을까?”

제러미가 물었어요.

"지금 너희들은 내 모습을 보고 젊은 아가씨라고 생각할 거야."

러닝 강의 정령이 말했어요.

"하지만 너희들은 내 모습이 소녀가 될 때까지 나를 거슬러 올라가야 해. 그 다음에도 내가 더욱 더 어려질 때까지 계속 올라가다가 마침내 내가 옹알이하는 아기가 될 때까지 가야 한단다. 그러면 그곳에서 눈 덮인 산에 사는 나이 많은 할머니를 찾을 수 있을 거야. 그곳이 바로 내가 우리 엄마 바위에서 태어났던 곳이란다."

그 말을 한 뒤에 러닝 강의 정령은 물속으로 스르르 미끄러져 들어갔어요.

"러닝 강이 바위에서 태어났다는 사실을 난 오늘에서야 처음 알았어."

제러미가 말했어요. 그는 강가에 묶어 놓은 끈을 풀고 자기들이 타고 갈 배를 강물 위로 띄웠어요. 이 배는 아주 최근에 만든 것이랍니다.

코코넛 껍질을 반으로 잘라 만들었어요. 돛대로는 작은 나뭇가지를 세웠고, 바람을 맞으며 펄럭일 돛으로는 커다란 너도밤나무 잎을 달았어요.

팁토스가 크게 외쳤어요.

"불어라, 바람아, 힘껏 불어라.

아주 힘차게 불어와라.

우리가 가야 할 눈 덮인 산까지."

　그러자 바람이 힘차게 불어왔고, 배에 올라탄 그들은 러닝 강을 거슬러 올라가기 시작했어요.

　러닝 강은 구불구불 힘차게 흐르는 강이랍니다. 하지만 바람이 계속해서 불어왔고, 게다가 항상 그들 뒤에서 불어왔기 때문에 쉽게 강을 거슬러 갈 수 있었어요. 그렇지만 한번은 바람이 잘못 불어와서 배가 빙그르르 돈 적도 있어요. 그러는 바람에 방향을 잘못 잡은 배가 비버네 집에 쾅 부딪쳤지 뭐예요.

"이봐!"

비버 아저씨가 물 위에서 꼬리를 찰싹찰싹 치면서 외쳤어요.

"너희 배가 지금 어느 쪽으로 가고 있는지를 잘 살펴봐야지!"

"미안해요, 비버 삼촌. 바람이 잘못 부는 바람에 모퉁이를 도는 게 쉽지 않아서 그랬어요."

108

비버와 먼 친척인 제러미가 외쳤어요.

"아, 그래. 알았어."

비버 아저씨는 그들이 탄 배를 끌어당겨서 다시 방향을 잡아
주었어요.

"고마워요. 그리고 안녕히 계세요."

그들 모두가 외쳤어요.

비버는 꼬리로 물을 튕기며 작별 인사를 하고 물속으로 사라
졌어요.

"나도 저 비버 삼촌처럼 수영을 할 수 있다면 좋을 텐데."

제러미가 말했어요.

"그렇긴 해도 비버 삼촌의 꼬리는 너무 두툼해. 나한테 그런 꼬
리가 달려 있다면 난 별로일 것 같아."

러닝 강은 넓은 계곡 사이를 가로지르며 구불구불 이어졌어요.
그들은 농부 존의 집도 지나쳤어요. 하지만 강에서는 호박 밭이
잘 보이지 않았어요. 그런 다음에는 들판과 초원 사이로 나 있는
강을 따라 올라갔어요.

그러다가 커다란 얼룩 젖소가 강둑에 서 있는 것도 보았어요.
얼룩 젖소는 '음매' 하면서 인사했고, 그들도 손을 마주 흔들어
주었어요.

위로 올라갈수록 러닝 강은 점점 더 좁아지고 강물의 양도 줄
어들었어요. 강둑들도 점점 더 울퉁불퉁해졌어요. 양옆으로는 언
덕들이 많이 보이기 시작했어요.

지금은 바람이 알맞게 불어오지 않아요. 그래서 배를 타고 강을 거슬러 올라가는 일이 아주 힘든 상황이에요. 모두가 돛대를 꽉 잡고서 배가 바위들에 부딪치지 않도록 애를 써야 했답니다.

곧이어 언덕들 너머로 우뚝 솟은 산들이 나타나기 시작했어요.

그리고 그 산들 중 하나는 엄청나게 높은 산이에요. 그 산은 무시무시한 모습으로 떡 버티고 서 있었어요. 얼음과 눈으로 덮인 산봉우리는 햇살에 반짝거렸어요.

"저게 바로 눈 덮인 산이야. 봐, 얼마나 높은 산인지."

솔방울이 감탄하며 말했어요.

마침내 그들은 산 아래 폭포에 도착했어요. 러닝 강물이 폭포 아래로 떨어지면서 커다란 웅덩이를 만들고 있었어요.

"더 이상 강을 따라 거슬러 올라갈 수 없어. 이제는 걸어가야만 해."

팁토스가 말했어요.

그래서 그들은 강가에 배를 매어 놓고 눈 덮인 산을 기어오르기 시작했어요.

25

눈 덮인 산에 사는 할머니

그들은 작게 흐르는 러닝 강을 옆에 끼고서 계속 위로 올라 갔어요. 러닝 강은 점점 더 작아져서 이제 는 개울처럼 보여요.

눈 덮인 산을 달려 내려가면서는 즐겁게 물을 튀기며 노래하네요. 그러다가 홀로 동떨어져 있는 커다란 바위에 도착했어요. 바위 꼭대기에는 산양 한 마리가 서 있었어요. 구부러진 뿔 두 개가 머리 양쪽에 달린 산양이었어요.

"어딜 가는 거니?"

산양이 물었어요.

"우리는 눈 덮인 산에 사는 할머니에게 가고 있어."

팁토스가 대답했어요.

"계속 올라가렴. 러닝 강이 그곳까지 너희들을 안내해 줄 거야."

산양이 말했어요.

러닝 강은 이제 재잘거리며 흐르는 작은 시냇물로 바뀌었어요. 시냇물은 바위로 된 높다란 절벽으로 그들을 안내해 주었어요. 시냇물로 흐르던 러닝 강은 이 바위 절벽까지 이어지다가 그 안으로 사라졌어요.

"바로 저곳이 러닝 강이 태어난 곳이구나."

제러미가 절벽을 가리키며 말했어요.

"그러니까 러닝 강이 엄마 바위에서 솟아나는구나."

러닝 강이 솟아나는 곳 바로 옆에 동굴 하나가 있었어요. 동굴 밖은 온통 이끼로 덮여 있었고, 그 안은 캄캄한 밤처럼 아주 어두웠어요.

팁토스가 소리쳐 불렀어요.

"산의 여인이여, 대답해 주세요. 우리는 서리 거인 잭을 보러 온 거랍니다."

그러자 눈 덮인 산의 할머니가 동굴 밖으로 나왔어요. 할머니는 아주 나이가 많아 보였는데, 마치 눈 덮인 그 산만큼이나 나이를 많이 먹은 것 같았어요.

할머니의 머리카락은 눈처럼 하얗고 입고 있는 옷은 흐릿한 적자색이었어요. 목소리는 험준한 바위꼭대기나 폭포에서 나오는 소리처럼 강렬하고 힘찼어요.

"서리 거인 잭은
산꼭대기 높은 곳
에 살고 있단다."
그녀가 대답했
어요.
"너희들이 눈 쌓인 그곳
까지 기어 올라간다고 해도 그
를 찾을 수는 없을 거다. 오
히려 그가 너희들을 찾아
내서 너희 손가락과 발
가락들을 물어뜯으려
할 거란다."
이렇게 말한 할머니
는 동굴 안으로 다시 들어
가 버렸어요.

그들은 포기하지 않고 올라갔어요. 눈이 쌓인 꼭대기까지 도달
했을 때는 해님이 하늘에 낮게 내려와 있었어요.

힘들게 기어 올라가는 그들 발밑에서는 하얀 눈이 바스락거
렸지요. 또 수정 같은 얼음 알갱이들이 유리가루처럼 반짝거렸
답니다.

"내 몸이 점점 얼어붙고 있어. 게다가 피곤해."

제러미가 말했어요.

"추위를 피하려면 먼저 얼음 동굴을 하나 짓는 게 좋겠어. 오늘은 그 안에서 밤을 보내야 할 것 같아."

솔방울이 말했어요.

그래서 그들은 눈 쌓인 언덕에다 큰 구멍을 하나 팠어요. 그리고 그 안으로 기어 들어가서 기다렸어요.

26

서리 거인 잭이
이야기를 해 주네요

해님이 서쪽 하늘 아래로 내려갔어요. 저녁노을
이 온 누리에 퍼지면서 쌓인 눈을 분홍빛과
주홍빛으로 물들였어요. 곧이어 달님이 떠
올랐어요. 달님은 아직도 뾰족하고 날씬
한 초승달이었어요. 하지만 달빛 덕분
에 쌓인 눈이 이제는 아른아른하고
푸르스름한 은빛으로 빛나요. 그들
은 여전히 눈 동굴 속에 앉아서 귀를
기울였어요.

갑자기 얼음이 버석거리며 깨지는 것 같은 소리가 들려왔어요.

"서리 거인 잭인가 봐!"

팁토스가 외치면서 밖으로 달려갔어요.

솔방울과 후추단지도 팁토스 뒤를 따라 달려 나갔어요. 제러미
는 나가지 않고 눈으로 만든 동굴 밖으로 얼굴만 조금 내밀었어
요. 자기 발가락들을 서리 거인 잭한테 물어뜯기고 싶지 않아서

랍니다. 또한 자기 꼬리도 물어뜯기고 싶지 않았던 게 분명해요.

"서리 거인 잭! 서리 거인 잭! 우리는 너를 찾아서 여기까지 왔어."

팁토스가 외쳤어요.

서리 거인 잭이 그들 옆으로 내려왔어요. 창백하고 얼음처럼 푸르스름해 보이는 모습이에요. 두 팔과 손가락들은 아주 길고 반짝반짝 빛이 나요. 눈은 날카롭고, 움직일 때마다 그의 날개들이 얼음이 부서질 때처럼 쨍그랑 소리를 냈어요.

너무 무시무시해 보인 탓에 솔방울과 후추단지는 두려워서 감히 입을 열지 못했어요. 또한 그들은 너무 추웠어요. 그래서 수염을 목도리처럼 목에 두르고, 모자를 푹 잡아당겨서 귀를 덮었어요.

"내가 너희들 코를 물어뜯을까 봐 두렵지는 않니?"

서리 거인 잭이 얼음이 버석거리는 소리를 내며 땅의 요정들에게 말했어요.

솔방울과 후추단지는 두 손으로 자기 코를 꽉 감싸 쥐고는 머리를 가로저었어요. 코를 물어뜯길까 봐 무서워 벌벌 떨면서 말예요.

"서리 거인 잭."

팁토스가 최대한 예의바른 목소리로 물었어요.

"너는 서리 거인이잖아. 그런데 너는 땅의 요정이야, 아니야? 후추단지는 네가 땅의 요정이라고 말했어. 왜냐하면 네가 수정 같은 서리 알갱이들을 만들기 때문이야. 그런데 나는 네가 공중을 날아다니기 때문에 땅의 요정이 아니라고 말했단다."

"그러니까, 그게 궁금해서 날 찾아온 거니? 그렇다면 너희들에게 내 이야기를 들려줄게. 이야기를 듣고 나면 내가 무엇인지를 너희들이 나에게 말해 줄 수 있을 거야."

서리 거인 잭은 땅 가까이 자리를 잡고 앉았어요. 숨을 쉴 때마다 그의 입에서는 얼음으로 된 구름들이 뿜어져 나와 그들 머리 위로 내려앉았어요. 팁토스는 크게 영향을 안 받는 것 같았지만, 솔방울과 후추단지의 몸은 금방 서리로 덮였어요.

서리 거인 잭이 말했어요.

"옛날에 요정 여왕이 살고 있었단다. 그녀는 공기 요정이었어. 그녀가 머리를 빗을 때면 산들바람이 땅 위로 부드럽게 불었지. 그녀가 말을 하면 돌풍이 불어서 사람들의 모자를 낚아채곤 했지. 그녀가 달리면 나뭇잎들과 가지들이 우수수 떨어졌어. 또 그녀가 공중을 날아가면 그녀의 힘센 날개들이 숲의 나무들을 땅으로 내던졌고, 바다에서는 끔찍한 폭풍이 일어나 배를 가라앉게 만들었단다.

어느 날 얼음 왕이 요정 여왕에게 말했어. '너는 나의 신부가

되어야겠구나.'

하지만 여왕은 그의 청혼을 거절했단다. '왜 내가 당신과 결혼해야 한다는 거지? 얼음 왕인 당신은 땅에만 머물러 있잖아. 또 해님이 강하게 비추기라도 하면 금방 녹아 없어지잖아!'

얼음 왕은 매우 화가 나서 그녀를 확 잡으려고 했지. 공기 여왕은 황급히 달아나려 했어. 하지만 아주 재빠르지는 못했던 거야! 얼음 왕이 공기 여왕의 드레스 자락을 붙잡았고, 결국 드레스 한 조각이 찢어져 버렸으니까 말이야.

'당신이 나한테서 가져갈 수 있는 건 그것이 전부야.' 공기 여왕은 이렇게 소리치며 폭풍 속으로 날아갔단다.

그런데 얼음 왕이 움켜잡은 그 드레스 조각이 대체 누구일까?"

서리 거인 잭이 물었어요.

"그게 바로 너였구나!"

솔방울과 후추단지가 외쳤어요.

"그러니까 너희들은 이제 답을 얻은 셈이네."

서리 거인 잭이 얼음이 쨍그랑거리는 소리를 내며 말했어요. 그런 다음 두 날개를 펼쳐서 공중으로 훌쩍 뛰어올랐어요. 계곡 아래로 날아갈 때는 서리를 뿌리며 지나갔답니다. 그가 날개가 펄럭일 때마다 공기가 얼음처럼 차가워졌어요. 그럴 때 여러분이 몸을 따뜻하게 감싸지 않는다면, 서리 거인 잭이 여러분의 손가락과 발가락들을 물어뜯어 버릴 거예요.

27

굴러 내려가는 눈덩이들

다음날 아침에 잠이 깬 그들은 자기들이 만든 동굴 안이 푸른 빛으로 가득 차 있는 것을 발견했어요.

"나가는 입구가 어디 있지? 입구가 사라져 버렸어!"

솔방울이 소리쳤어요.

"밤사이에 눈이 많이 와서 입구가 덮여 버렸나 봐."

후추단지가 말했어요.

"그러니까 우린 지금 눈 속에 갇힌 셈이네. 자, 밖으로 나갈 입구를 파야만 해."

그들은 눈을 파고 또 팠어요. 밖으로 나갈 통로를 뚫을 때까지 아주 오랫동안 눈을 파내야 했답니다. 간신히 입구를 만든 그들이 바깥을 둘러보았어요. 밤사이에 눈이 아주 많이 내리긴 했지만, 지금은 해님이 환히 빛나고 있어요.

모든 것들이 깨끗하고 상쾌해 보였어요. 맨 먼저 후추단지가 눈으로 만든 동굴 밖으로 한 발을 내딛었는데, 금방 사라져 버렸어요!

"도와줘!"

후추단지가 소리쳤어요.

그런데 보이는 것이라고는 눈 위에 떨어져 있는 후추단지의 빨간 모자뿐이었어요. 왜냐하면 후추단지가 눈 더미 속에 아주 포옥 파묻혀 있기 때문이에요.

그를 파내는 데도 시간이 좀 걸렸어요. 파내고 보니 후추단지의 머리부터 발끝까지 온몸이 눈으로 뒤덮여 있네요. 또 수염까지 하얗게 눈으로 덮여 있었답니다.

"우리가 내려갈 수 있는 길을 알 것 같아."

팁토스가 날아오르며 말했어요.

"이 길로 따라 오렴."

그래서 그들은 깊이 쌓인 눈 속으로 폴짝 뛰어들어서 눈을 헤치고 나아갔어요. 곧이어 눈이 그리 깊게 쌓이지 않은 곳에 이르렀어요.

"저기 좀 봐. 우리가 지난밤에 머물렀던 눈으로 만든 동굴이 완전히 눈 더미에 파묻혀 있어. 얼마나 깊이 파묻혀 있는지 몰라."

팁토스가 말했어요. 그녀는 다시 위로 훌쩍 날아가서 아래로 내려가는 좋은 방법이 있는지를 찾아보았어요.

"나도 팁토스처럼 저렇게 날 수 있으면 좋을 텐데. 그러면 순식간에 산 아래로 날아갈 수 있을 거잖아."

제러미가 불평을 늘어놓았어요.

"만약 너한테 날개가 달린다면, 넌 박쥐가 되는 거야. 또 꼬리

도 없어질 테고, 잠을 잘 때도 박쥐처럼 거꾸로
매달려서 자야 할 걸."

후추단지가 말했어요.

"오, 그건 별로인걸."

제러미가 말했어요.

"생각해 보니까 난 지금의 내 모습이
좋은 것 같아. 지금의 내 꼬리를 절대로
잃고 싶지 않거든."

제러미는 자기의 긴 꼬리를 무척
이나 자랑스럽게 생각하거든요.
그런데 갑자기 솔방울이 주르륵
미끄러지기 시작했어요. 재빨리 옆
에 있던 후추단지를 움켜잡았지만,
결국에는 둘이 같이 미끄러지기 시작했어요.

그 둘을 붙잡기에는 너무 늦었어요. 벌써 산 아래쪽으로 데굴
데굴 굴러가고 있었거든요. 눈 위를 데굴데굴 구르다 보니 그들
몸에 눈이 점점 더 많이 달라붙었어요.

순식간에 빨간 모자가 매달린 두 개의 눈덩이가 굴러가는 것
밖에 안 보일 정도예요. 가끔은 눈덩이 속에서 팔이나 다리 하나
가 불쑥 삐져나오곤 했어요. 또한 "아이쿠!" 혹은 "이봐!" 같은
소리도 들렸어요.

마침내 눈덩이들이 통통 굴러서 바위에 부딪쳤고, 그 때문에

뭉쳐진 눈들이 산산이 쪼개졌어요. 솔방울과 후추단지는 공중으로 튀어 올랐어요. 그런 다음 둘 다 눈 쌓인 땅에 머리부터 떨어졌답니다. 제러미 눈에는 눈 속에 꽂힌 네 개의 다리들이 버둥거리는 것밖에 안 보였어요.

"도와줘! 도와줘!"

땅의 요정들이 소리쳤어요.

제러미가 쏜살같이 뛰어 내려갔어요. 도착해 보니 먼저 온 팁토스가 눈 속에서 버둥대는 다리 하나를 혼자서 잡아당기고 있네요. 제러미도 얼른 다른 쪽 다리를 붙잡고서 힘껏 잡아당겼어요. 간신히 눈 속에서 빼내 보니 후추단지예요.

"세상에, 정말 고마워. 진짜 꼼짝없이 눈 속에 갇힌 줄 알았다니까."

후추단지가 말했어요.

그들은 솔방울도 잡아당겨서 눈 속에서 꺼냈어요. 솔방울 몸에도 온통 눈이 묻어 있어요. 귀에도, 코에도, 모자에도, 심지어 장화와 목에도 눈이 잔뜩 달라붙어 있어요.

"이번 겨울 동안 만나야 할 눈을 벌써 실컷 만난 것 같아."

긴 수염을 흔들어 대며 솔방울이 부루퉁하게 말했어요.

"나도 마찬가지야."

후추단지도 말했어요.

28

두 개의 강

다시 코코넛 배를 탄 그들은 러닝 강을 따라 이번에는
아래쪽으로 한가롭게 흘러 내려갔어요.

물결 따라 오르락내리락하는 강물
의 흐름 때문에 이따금씩 배가
빙그르르 돌기도 했어요. 그
러면 붉고 노란 낙엽들도
배를 따라 함께 빙그르르
돌곤 해요.

파란 하늘에는 커다
란 뭉게구름들이 멋진
모습을 보여 주고 있
어요. 근사한 성
같기도 해요.

제러미는 배 가장자리 너머로 몸을 기울여서 물속을 가만히
응시했어요. 물속에서 밝게 빛나는 모양들이 물결 따라 이리저리
흔들리는 게 보였어요.

어떤 것들은 붉은색 몸체에 초록색 머리를 하고 있는데, 바닷
새들처럼 부리가 달려 있어요.

"저것 좀 봐."

제러미가 말하자 모두 그쪽을 자세히 바라봤어요.

"저게 뭐지?"

"자기가 태어난 곳으로 거슬러 올라가고 있는 연어들이야."

팁토스가 대답해 줬어요.

"태어난 고향에 도착하면 연어들은 색깔과 모양을
바꾼단다. 그런 다음에 수천 개의 알을 낳고 곧이
어 죽게 되지."

"식물들과 똑같구나. 식물들도 갖가지 색의 다채
로운 꽃들을 피우잖아. 그런 다음 씨앗들을
흩뿌리고 역시 죽게 되지."

솔방울이 말했어요.

강물을 따라 흘러가는 도중에 그들은 더욱 더 많은 연어들이 강을 거슬러 오르는 것을 보았어요.

농부 존의 집에 다다랐을 때는 강에 물고기들이 어찌나 많은지 마치 두 개의 강이 흐르고 있는 것처럼 보였어요. 즉, 구불거리며 바다로 흘러가고 있는 러닝 강이 하나 있고, 또 산을 향해서 서둘러 올라가고 있는 연어 강이 있는 셈이죠.

그들은 은빛 연어들이 눈 덮인 산을 향해서 소리 없이 헤엄쳐 가는 것을 오래오래 지켜보았어요.

29

집으로 가는 길

자기 집 근처에 먼저 도착한 솔방울과 후추단지가 손을 흔들어 작별 인사를 했어요. 그리곤 소나무 아래에 있는 집을 향해 걸어갔어요.

팁토스와 제러미도 집으로 가는 중이에요. 바람이 불기 시작했고, 나뭇잎들이 빙그르르 날다가 이리저리 흩어지네요.

"집에 갈 생각을 하니까 무척 기뻐. 지금 난 배가 너무 고파서 밀밭을 통째로 먹을 수 있을 것 같거든."

제러미가 말했어요.

까마귀 한 마리가 근처 나무에서 '까옥까옥'거렸어요.

"안녕하세요, 까마귀 아저씨. 호박 까마귀 조카는 어때요?"

팁토스가 물었어요.

"뭐, 괜찮아."

까마귀 아저씨가 뚱한 목소리로 대답했어요.

"하지만 모두들, 심지어 검은지빠귀들과 까치들까지도 그 애 머리가 어떻게 두 번씩이나 호박에 끼어 버렸는지를 떠들어 대고 있단다. 정말 창피한 일이지 뭐냐."

까마귀 아저씨는 그렇게 말한 뒤 날아갔어요.

곧이어 커다란 참나무가 눈에 보였어요. 그 참나무는 아주 크고 늠름하고 멋져 보여요. 팁토스와 제러미는 잠시 멈춰서 나무를 찬찬히 바라보며 감탄했어요.

"내가 참나무라면 나도 딱 저런 모습이고 싶을 것 같아. 틀림없이 저 나무는 아주 오래오래 살아온 나무일 거야."

제러미가 말했어요.

"저 참나무는 지금 살아 있는 사람들이 생각할 수 있는 것보다 훨씬 오랫동안 살아온 나무란다."

팁토스가 말했어요.

바로 그때 바람이 심하게 불면서 날이 몹시 쌀쌀해졌어요.

"부르르르!"

제러미가 몸을 떨며 말했어요.

"눈이 올 것 같은 느낌이 들어. 네 생각에는 올 겨울에 서리 거인 잭이 자주 찾아올 것 같아?"

"응, 많이 찾아올 것 같아. 또 눈의 여왕도 자주 찾아올 테고 말이야."

팁토스가 말했어요.

"눈의 여왕은 어떻게 생겼어? 그녀 모습을 정말로 보고 싶어. 한 번도 못 봤거든."

제러미가 말했어요.

"곧 그녀 모습을 보게 될 거야."

미소를 지으며 팁토스가 말했어요. 그리고 그녀는 자신의 도토
리 집으로 날아 올라갔어요.

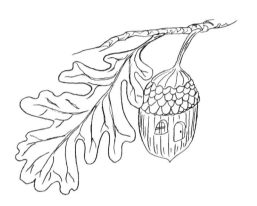

제3부

거위 루시와 반쪽자리 알

30

팁토스가 자기 집을 청소해요

봄이 되면 바람이 불어와서 팁토스가 사는 도토리 집을 종처럼 앞뒤로 흔들곤 해요. 하지만 도토리 집이 떨어지는 일은 결코 없어요. 팁토스가 마법의 주문을 외워서 도토리 집의 꼭지 부분을 나뭇가지에 단단히 붙여 놓았기 때문이랍니다. 이런 주문이에요.

"도토리 집아,

그토록 작은 도토리 집아,

언제나 커다란 참나무에

꼭 매달려 있어야 한단다!"

그렇기 때문에 바람이 아무리 거세게 불어오더라도 팁토스의 도토리 집은 언제까지나 단단히 매달려 있을 거예요.

오늘은 봄맞이 대청소 날이에요. 팁토스가 청소를 하면서 노래를 부르네요.

"창문을 닦아라,

마루를 쓸어라,

거미는 문밖으로 훠이 훠이 쫓아 버려라.”

그런 다음 팁토스는 깃털 침대가 다시 폭신폭신해지도록 잘 흔들어서 정리했어요. 그녀의 침대는 딱 깃털 두 개로 만든 거예요. 거위 루시가 특별히 자기 깃털을 팁토스에게 선물해 준 거랍니다.

깃털 하나는 바닥에 깔아서 요로 쓰고, 다른 하나는 덮는 이불로 써요. 그래서 팁토스는 매일 밤 편안하게 잠을 자요. 한 번도 추웠던 적이 없답니다.

“거위 루시는 어디 있을까?”

팁토스가 생각했어요.

“한참 동안 루시를 보지 못한 것 같네. 내가 찾으러 가 봐야겠어.”

그리고 창문 밖으로 날아갔어요.

31

거위 루시와 반쪽짜리 알

거위 루시는 축축한 늪지 한가운데 있는 섬에서 살고 있어요. 커다란 섬은 아니지만 거위 한 마리가 살기에는 충분하답니다. 주변에는 키가 큰 갈대들이 빙 둘러싸고 있고, 섬 중앙에는 제멋대로 자란 버드나무 한 그루가 서 있어요.

"루시, 루시. 어디 있니?"

섬 주위를 날아다니며 요정 팁토스가 불렀어요.

"구구구, 구구구, 구구, 구구."

루시가 대답했어요. 거위는 원래 이런 식으로 말하거든요.

"나 여기 있어."

루시가 갈대 속에 깊숙이 숨겨 놓은 둥지 위에 앉아 있어요.

"그동안 잘 지냈니? 한참 동안 널 보지 못했어."

팁토스가 말했어요.

"나는 지금 내 알들을 품고 있는 중이야. 아기 거위들을 부화
시키려고 말이야."

루시가 대답했어요.

"그래서 네가 그렇게 안 보였던 거구나. 그런데 네가 품고 있
는 알들이 모두 몇 개야?"

"세 개하고 반 개란다."

루시가 자랑스럽게 말했어요.

"세 개하고 반 개? 그게 무슨 소리야. 어떻게 세 개하고 반 개
의 알이 있을 수 있어? 그럴 순 없는 거야!"

"그럴 수 있어. 지금 내가 품고 있다고."

루시가 팁토스에게 자기 알들을 보여 주려고 일어서면서 말
했어요.

분명히 둥지 안에는 알 세 개와 반쪽짜리 알 하나가 있었어요.

말하자면 세 개의 커다란 거위 알과 그보다 반절 크기쯤 되는 작은 알 한 개가 있다는 뜻이에요. 작은 알은 보통의 거위 알처럼 타원형이 아니라 동그란 모양이네요.

"그 작은 알은 전혀 거위 알처럼 보이지가 않는걸. 그게 너의 알인 게 확실하니?"

놀란 팁토스가 물었어요.

"내가 발견했기 때문에 물론 내 알이야."

루시가 대답했어요.

참으로 이상하다고 생각하며 팁토스가 머리를 긁적였어요.

"어디서 그 작은 알을 발견했는데?"

팁토스가 물었어요.

"응, 강둑 위에서 찾았어. 처음 봤을 때 알에는 진흙이 잔뜩 묻어 있었어. 하지만 아무도 그 위에 앉아 있지는 않았어. 그래서 내 것이 된 거야."

루시가 대답했어요. 그리곤 알들을 다시 품었어요. 두 눈으로 먼 곳을 바라보면서요.

팁토스는 알을 품고 있는 거위한테 이야기를 해 봤자 아무 소용이 없다는 걸 잘 알았어요. 그래서 제러미를 찾으러 날아갔어요.

32

제러미와 팁토스가
반쪽짜리 알의
엄마를 찾고 있어요

제러미는 새로운 잠자리를 만들려고 초원에서 풀을 모으고 있는 중이에요.

"제러미, 거위 루시가 새끼들을 부화시키려고 알들을 품고 있어. 그런데 세 개의 알과 반쪽짜리 알 위에 앉아 있단다. 하지만 내 생각에 반쪽짜리 알은 루시의 알이 아닌 것 같아. 어떻게 해야 하지?"

팁토스가 물었어요.

"오리에게 물어보자. 혹시 알을 하나 잃어버리지 않았는지를 말이야."

제러미가 제안했어요.

"오리 알은 거위 알의 절반 정도의 크기니까 어쩌면 그게 오리 알일 수도 있잖아."

그들은 오리네 집으로 갔어요. 오리는 러닝 강가의 강둑에서 살고 있어요.

"너 혹시 알을 하나 잃어버리지 않았니?"

오리에게 다가가며 팁토스가 물었어요.

"하나, 둘, 셋, 넷, 다섯, 여섯."

오리는 자기 알들의 수를 세었어요.

"난 알을 잃어버리지 않았어. 모두 여기에 있어. 그런데 제러미 네가 너의 작은 알을 잃어버린 거니?"

오리가 제러미에게 물었어요.

"아니야. 거위 루시가 반쪽짜리 알을 하나 더 품고 있어서 그래. 그리고 우리 쥐들은 알을 낳지 않아. 우리는 분홍색 생쥐 새끼들을 낳는다고."

제러미가 대답했어요.

"분홍색 생쥐 새끼들이라고? 와, 정말 예쁘겠구나."

오리가 감탄하며 외쳤어요.

"그러면 쇠물닭한테 가 보자."

팁토스가 말했어요.

쇠물닭네 집에 도착한 그들은 알을 잃어버리지 않았는지를 물었어요. 쇠물닭이 숫자를 셌어요.

"하나, 둘, 셋, 넷, 다섯."

"아니야, 우리 알들은 전부 여기에 있어."

그래서 팁토스와 제러미는 하루 종일 이 집 저 집, 이 둥지 저 둥지를 찾아다녀야 했어요. 그들은 도요새네 집에도 찾아갔고, 백로네 집에도 찾아갔어요. 심지어는 백조네 집에도 찾아갔지만, 모두들 알을 잃어버리지 않았다고 해요.

"할 수 없어. 루시가 품고 있는 알들이 깨어날 때까지 기다려 보는 수밖에 없는 것 같아."

팁토스가 말했어요.

"그때가 되면 누가 알을 잃어버렸는지를 알 수 있을 거야."

33

해바라기

솔방울과 후추단지는 자기네 텃밭에서 일을 하고 있는 중이에
요. 그들은 텃밭에다 산딸기, 민들레, 당근, 비트들과 해바라기 한
그루를 기르고 있어요.

예전에 솔방울은 농부 존의 집 근처의 새 모이통 아래에서 해
바라기 씨앗 하나를 찾아냈거든요. 그래서 그 씨앗을 자기 텃밭
에 심었답니다. 해바라기는 벌써 땅의 요정들보다 훨씬 크게 자
랐어요.

"해바라기에 꽃이 필 때가 너무나 기다려져서 견딜 수 없을 지
경이야."

솔방울이 말했어요.

"해바라기는 저렇게나 크고 약간 기울어진 머리를 가졌구나."

"또 해바라기는 해님을 너무나 사랑해서 꽃이 피면 하루 종일
해님을 따라다닌대. 어떻게 그럴 수 있는 걸까?"

후추단지가 궁금해 했어요.

"꼭 아기 오리들 같은걸. 아기 오리들도 엄마 오리가 가는 곳
을 하루 종일 종종대며 따라다니잖아."

솔방울이 대답했어요.

솔방울과 후추단지는 해바라기를 바라보았어요. 그런 다음 해님도 바라보았어요. 해님이 따사롭게 미소 짓고 있네요.

"해님은 비밀이 아주 많은 것 같아."

후추단지가 말했어요.

"그래, 맞아."

솔방울도 맞장구를 쳤어요. 그리고는 잠시 동안 가만히 서 있었어요.

34

딱따구리 칩스

제러미는 잠자리에 새로 깔 신선한 풀 모으는 일을 다 끝 냈어요.

며칠 전 새로운 잠자리를 마련 하려고 했을 때 팁토스가 우연히 찾아 왔었잖아요. 그리고 거위 루시가 품고 있는 반쪽짜리 알의 엄마가 누군지를 둘이 찾아다녔고 말예요.

그날은 하루 종일 그 일을 하느라고 바 빴잖아요. 그래서 새로운 잠자리에 깔아 줄 풀을 모으지 못했는데, 이제 드디어 그 일을 끝 낼 수 있게 된 거죠.

커다란 참나무 아래에 있는 제러미 침실에 서는 달콤한 건초에서 풍기는 좋은 냄새가 나 고 있어요.

그때 갑자기 누군가 문을 '똑똑' 하고 두드렸

어요. 제러미가 문으로 가서 밖을 내다보았어요. 그런데 아무도 없었어요.

"참 이상하네. 아주 크게 문을 두드리는 소리를 분명히 들었는데 말이야."

그는 이상히 여기며 다시 안으로 들어왔어요.

침실 안으로 돌아간 지 얼마 지나지 않아서 또다시 '똑, 똑, 똑' 하고 문 두드리는 소리가 들렸어요. 제러미는 최대한 재빠르게 문으로 달려갔어요. 하지만 여기저기를 아무리 둘러봐도 문 밖에는 여전히 아무도 없었어요.

"누군가 나를 놀리고 있나 봐. 대체 누가 그러는 걸까?"

그는 궁금했어요.

갑자기 '똑, 똑, 두두두둥, 두두두둥' 하는 소리가 천장 위에서 들려왔어요. 소리가 워낙 커서 제러미가 두 손으로 귀를 막아야 할 정도였어요.

문 밖에 나가서 위를 올려다보니 참나무 위에서 나무를 쪼고 있는 딱따구리 칩스가 보였어요.

'칩스'는 나무 부스러기란 뜻이에요. 그에게 '칩스'란 이름이 붙은 까닭은 나무를 쪼아댈 때마다 온 사방에 나무 부스러기들이 날아가고 떨어지기 때문이랍니다.

"대체 뭐하고 있는 거니?"

제러미가 외쳤어요.

"둥지를 만들 구멍을 탁, 탁, 탁, 탁 파고 있는 중이야."

딱따구리 칩스가 대답했어요.

"너무 시끄러워서 도무지 견딜 수가 없잖아. 다른 소리를 전혀 들을 수 없을 정도라고."

제러미가 크게 소리 질렀어요.

"응? 무슨 말을 하는 거야? 네 말이 잘 들리지가 않아서 말이야."

딱따구리가 외쳤어요.

"둥지를 만드는 데 대체 얼마나 오래 걸리는데?"

제러미가 있는 힘껏 소리쳤어요.

"탁, 탁, 탁, 탁. 아마도 3일 정도 걸릴 거야."

이렇게 대답하고 딱따구리는 다시 일을 시작했어요.

"3일이라고! 이 모든 소동을 3일 동안이나 겪고 나면 내 귀가 떨어져 나가 버릴 거야."

제러미가 말했어요.

바로 그때 요정 팁토스가 제러미 옆에 사뿐히 내려앉았어요.

"딱따구리 칩스가 3일 내내 저 위에서 둥지를 만들 구멍을 팔 거라고 해. 그렇게 되면 난 여기에서 어떤 휴식도 취할 수 없을 것 같아."

제러미가 팁토스에게 하소연했어요.

"그래, 알아. 네가 딱따구리한테 말하는 걸 들었어. 칩스가 일을 끝낼 때까지 우리가 어딘가로 가 있어야 할 것 같아."

팁토스가 말했어요.

35

꽃과 나비들

그래서 제러미와 팁토스는 농부 존의 꽃밭
에 가서 앉아 있는 중이에요. 꽃밭 근처
에 있는 뽕나무 아래에서는 꼬마 아
이 둘이 그네를 타며 놀고 있어
요. 한 아이는 농부 존의 아들
인 톰이고, 다른 아이는 톰의
여동생인 준베리랍니다. 남매는
서로 아주 좋은 친구예요.

가끔씩 이 두 꼬마는 팁토스와 놀기도 해요. 그럴 때라도 제러
미는 아이들한테 좀체 자기 모습을 보이지 않아요. 왜냐하면 제
러미는 사람들을 만나는 걸 몹시 부끄러워하기 때문이랍니다. 어
린아이일지라도 그래요.

나비 두 마리가 이 꽃 저 꽃을 오가며 팔랑팔랑 날아다녀요. 나
비들한테는 크림처럼 부드럽고 노란 날개들이 있어요. 나비들은
공중에서 서로를 뒤쫓으며 놀기도 해요.

"나비들과 꽃들은 왜 그리도 비슷하게 보이는 걸까?"

제러미가 물었어요.

"음, 내가 그 이유를 말해 줄게."

팁토스가 이야기 하나를 들려주기 시작했어요.

"지구가 아직 어렸을 때는 땅 위에 어떤 식물이나 나비 같은 것들이 없었단다. 하지만 지구 공주는 살고 있었지. 그때도 여름에는 날이 아주 더웠어. 그래서 지구 공주는 하늘 높이 날아 올라가서 날개를 활짝 펼쳤지. 마치 여름에 온 세상을 뒤덮고 있는 수많은 꽃잎들처럼 말이야. 그때도 겨울에는 날이 아주 추웠어. 그러면 지구 공주는 뿌리로 변해서 땅속으로 더 깊이깊이 파고 들어갔단다. 얼음과 눈을 피하려고 말이야.

그런데 어느 해에 아주 길고 긴 겨울이 찾아왔어. 수많은 계
절 동안 추운 날들만이 계속 이어졌단다. 해님은 멀리 도망가 버
린 것 같았어. 지구 공주는 점점 나이가 들어가고 있었고, 자기가
곧 죽으리란 걸 알았어. 그래서 그녀는 한 손으로 한쪽 호주머니
를 뒤져서 나온 씨앗들을 온 세상 땅에다 뿌렸어. 그런 다음 다른
손으로 다른 호주머니를 뒤져서 나온 아주 작은 알들을 온 세상
에다 뿌려 두었어.

이 씨앗들과 작은 알들은 아주 오랫동안 싹트지도 못하고 부
화하지도 못한 채 가만히 잠들어 있었단다. 날이 너무 추웠기 때
문이지.

그러다가 해님이 다시 힘차게 커지기 시작했어. 해님 덕분에
날이 따스해지자 지구 공주가 뿌린 씨앗들이 싹을 틔워서 땅에
뿌리를 내리고 해님을 향해 자라났지. 그래서 여름이면 온 세상
의 꽃들이 그렇게 활짝 피어나는 거란다.

지구 공주가 뿌렸던 아주 작은 알들은 나비들로 부화해서 자
라났어. 그리고 햇살 속에서 꽃들 위를 팔랑거리며 날아다니는
거란다.

바로 이런 이유 때문에 나비들과 꽃들이 아주 비슷해 보이는
거란다. 그들은 거의 형제자매나 마찬가지니까 말이야. 왜냐하
면 아주 오래 전에 같은 어머니인 지구 공주한테서 나왔기 때문
이지."

팁토스가 이야기를 마쳤어요.

"정말 멋진 이야기구나. 근데 난 배가 고파. 뭐 좀 먹을 수 있을까?"

제러미가 말했어요.

팁토스가 깔깔대며 웃었어요. 이야기를 듣고 나면 제러미는 항상 배가 고프다고 하거든요.

"농부 존의 부엌에 가 보자. 거기서 네가 먹을 치즈 조각이 있는지를 알아보는 거야."

팁토스가 말했어요.

제러미는 아주 좋은 생각이라고 느꼈어요. 하지만 나중에 보니 그렇게 좋은 생각은 아니었어요.

36

얼룩무늬 고양이 타이거

제러미는 잔디밭을 가로질러서 농부네 집 쪽으로 쪼르르 달려 갔어요. 팁토스는 제러미 머리 위에서 날아갔어요. 그런데 현관 문에 거의 다다랐을 때 별안간 얼룩무늬 고양이 타이거가 덤벼 들지 뭐예요.

덤불로 가려져 있는 창턱 위에 고양이가 앉아 있었던 거예요. 제러미가 미처 비명을 지르기도 전에 고양이가 제러미를 낚아챘 어요.

제러미를 입에 문 고양이 타이거는 잽싸게 뽕나무 쪽으로 달 려갔어요. 어쩔 줄 몰라 하며 팁토스가 고양이 머리 주위에서 사

납게 붕붕거리며 날아다녔어요. 화가 나면 팁토스도 말벌처럼 사
납게 붕붕거릴 수 있거든요. 지금 팁토스는 아주 화가 난 상태랍
니다.

"제러미를 놔줘!"

팁토스가 소리쳤어요.

"그는 내 친구야."

하지만 타이거는 계속
달려갔어요.

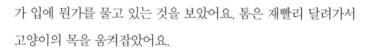

사납게   붕붕대
는 소리를 들은 톰
은 고양이 타이거
가 입에 뭔가를 물고 있는 것을 보았어요. 톰은 재빨리 달려가서
고양이의 목을 움켜잡았어요.

"타이거, 놔줘! 지금 당장 놔주라고!"

톰이 소리쳤어요.

할 수 없이 타이거는 제러미를 땅에 떨어트린 다음 슬그머니
도망쳤어요.

톰의 여동생 준베리가 달려왔어요.

"들판에 사는 생쥐구나."

제러미를 본 준베리가 소리쳤어요.

"생쥐가 괜찮을까?"

톰이 부드럽게 제러미를 들어 올렸어요.

"아직 살아 있어. 숨을 쉬는 게 보여서 다행이야. 하지만 충격을 받았나 봐."

톰이 말했어요.

"안 다쳤어야 할 텐데. 집 안으로 데리고 가자."

준베리가 말했어요.

톰이 제러미를 조심스레 집 안으로 데려갔어요. 준베리는 구두 상자 하나를 찾아서 안에다 부드러운 천 조각을 깔았어요. 그리고 제러미를 그 안에다 눕혀 놓았어요.

집 안으로 따라 들어온 팁토스가 내려앉아서 제러미의 머리를 부드럽게 쓰다듬었어요.

"우와, 이것 좀 봐!"

준베리가 말했어요.

"금빛 머리카락과 푸른 날개가 달린 요정이야. 틀림없이 이 생쥐의 친구일 거야. 이것 봐, 생쥐가 쉴 수 있도록 요정이 우리더러 저리로 가라고 하는 것 같아."

37

옷핀 요정과 바늘 요정

제러미가 깨어났어요. 온몸
이 욱신거렸어요. 간신히 일어
나 보니 구두 상자 가장자리
에 세 명의 요정이 앉아 있
는 게 보였어요. 그 중의 팁
토스는 제러미가 아주 잘 아
는 요정이지요. 하지만 다른
두 요정들은 제러미가 본 적
이 없는 요정들이었어요. 두 요정은

쌍둥이처럼 거의 똑같아 보였어요. 제러미
로서는 그들을 분간할 수 없을 것 같았어요.

"나는 옷핀이라고 해."

한 요정이 말했어요.

"그리고 나는 바늘이라고 해."

다른 요정도 말했어요.

"우리는 집의 요정들이야."

"그렇구나. 나는 지금 온몸이 옷핀들과 바늘들로 콕콕 찔리는 느낌이야. 근데 나한테 무슨 일이 있었던 거지?"

제러미가 끙끙대며 물었어요.

"얼룩무늬 고양이 타이거가 너를 붙잡았잖니."

팁토스가 설명해 주었어요.

"하지만 톰 덕분에 네가 풀려났단다. 톰의 여동생 준베리가 이 구두 상자 속에 널 눕혀 놓았고 말이야. 그리고 너는 하루 종일 잠들어 있었어."

그렇게 말하면서 팁토스가 제러미를 꼭 안아 주었어요.

"너의 뼈는 하나도 부러지지 않았단다. 우리가 확인해 봤거든."

옷핀 요정과 바늘 요정이 말했어요.

"난 배가 고파. 보리 한 자루를 한꺼번에 다 먹을 수 있을 것 같아."

제러미가 말했어요.

"아이들한테 네가 깨어났다고 말할게. 하지만 잠깐 기다려야 해. 지금 아이들은 우유를 짜고 있거든."

팁토스가 말했어요.

제러미는 행복하지 않았어요. 먼저 오늘 아침에는 딱따구리 칩스가 제러미의 집 위에서 큰 소리를 내며 소란을 피웠잖아요. 그 다음에는 얼룩무늬 고양이 타이거가 제러미를 잡아먹으려고 붙잡았고요. 그리고 지금도 제러미로서는 아주 안 좋은 상황이랍니다. 너무나 배가 고프기 때문이에요.

보리 한 자루를 다 먹어 버릴 수 있을 정도로 배가 고프니까 행복하지 않은 거지요. 하지만 아이들이 우유를 다 짤 때까지 기다려야만 해요. 그래서 그는 분별 있는 모든 생쥐들이 하는 그런 행동을 했어요.

바로 이리저리 세 번 정도 뒤척인 다음에, 머리 위에다 자기 꼬리를 둥글게 말고서 다시 잠드는 일이지요.

38

코끼리에게는 큰 귀가 있어요

솔방울과 후추단지가 수염을 빗고
있어요. 그런데 둘 다 수염이
너무나 길어서 혼자서는
잘 빗을 수가 없답니
다. 그래서 솔방울이
후추단지의 수염을 빗
겨 줘야 해요. 반대로
후추단지가 솔방
울의 수염을 빗겨
줘야 하고요. 그런
데 후추단지의 수염을 빗겨 줄 때마다 솔방울은 재채기를 해요.

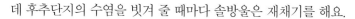

"에취! 음식에다 후추를 좀 덜 넣지 그래? 에취!"

솔방울이 말했어요.

"아니면 최소한 후추통을 좀 더 조심스럽게 흔들던가 하라고.
에취!"

"그래도 난 너처럼 나의 수염에다 끈적끈적한 꿀을 묻혀 놓지는 않는다고.”

후추단지도 지지 않고 대답했어요.

솔방울은 꿀을 아주 좋아해요. 그래서 샌드위치를 먹을 때마다 꿀을 너무 듬뿍 바르는 바람에 꿀이 줄줄 흘러내려서 결국 솔방울의 수염에도 떨어지곤 하거든요. 그래서 여름에는 벌들이 항상 솔방울의 머리 주위를 붕붕 날아다닐 정도랍니다.

“그렇긴 해. 하지만 너는, 에취! 적어도 나처럼 재채기를 할 필요는 없잖아.”

솔방울도 되받아쳤어요.

“하지만 네가 내 수염을 깨끗이 씻겨주는 것보다 두 배는 더 많이 내가 너의 끈적이는 수염을 씻겨 줘야 한다고.”

후추단지도 지지 않고 말했어요.

물론 솔방울과 후추단지는 가장 친한 친구 사이예요. 하지만 수염과 관련해서는 둘이 너무나 다르답니다. 아침 내내 그들은 서로 주거니 받거니 하며 싸워 댔어요.

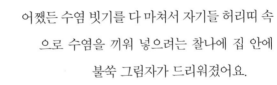

어쨌든 수염 빗기를 다 마쳐서 자기들 허리띠 속으로 수염을 끼워 넣으려는 찰나에 집 안에 불쑥 그림자가 드리워졌어요.

아주 긴 회색의 꿈틀거리는 굵은 코가 창문으로 쑤욱 들어온 거예요. 그리고 이렇게 말했어요.

"어이, 어이, 집에 누구
있어?"

코끼리가 방문한 거
랍니다. 땅의 요정들이
밖으로 달려 나갔어요.

"코끼리구나!"

그들은 코끼리 다리 하나
를 꼭 껴안았어요. 코끼리
는 아주 순하고 친절해서
땅의 요정들이 무척 좋아
하기 때문이에요.

코끼리는 커다란 두 귀
를 펄럭거렸어요.

"숲에서 무슨 소리들이 들려
왔어."

커다란 귀 덕분에 소리를 잘 듣는 코끼리가 진지하게 말했
어요.

"소리들이 들려왔다고?"

땅의 요정들이 되물었어요.

"그리고 이 소리들이 나한테 무엇을 말했을 것 같아?"

코끼리가 물었어요.

158

"우리는 잘 모르지."

땅의 요정들이 말했어요.

"그 목소리들이 뭔가 일이 생겼다고 내게 말해 줬어."

"그래?"

땅의 요정들이 대답했어요. 그들은 지금 코끼리가 중요한 이야기를 하고 싶어 한다는 걸 알았어요.

중요한 이야기를 할 때면 코끼리는 항상 이런 식이거든요. 그럴 때 너무 많은 것을 한꺼번에 물어보면, 코끼리는 헷갈려 하면서 정작 말하고 싶은 걸 까먹어 버리니 조심해야 해요.

"그 소리들은 농부 존의 집에서 무슨 일이 생겼다고 말해 줬어."

코끼리가 계속해서 말했어요.

"설마 그럴 리가."

후추단지가 말했어요.

"얼룩무늬 고양이 타이거가 아주 나쁜 짓을 했다고 했어."

"얼룩무늬 고양이 타이거라니! 그 고양이가 무슨 짓을 했지?"

땅의 요정들이 동시에 물었어요.

"그가 제러미를 잡아먹으려고 했대."

코끼리가 매우 진중한 목소리로 말했어요.

"제러미를!"

솔방울과 후추단지가 깜짝 놀라며 큰 소리로 외쳤어요.

"하지만 제러미는 무사해. 톰이 제러미를 구해 주었다고 해."

코끼리가 말했어요.

"세상에나, 너무 고마운 일이야."

안심한 땅의 요정들이 대답했어요.

"또 옷핀 요정과 바늘 요정, 그리고 팁토스가 지금 제러미를 돌봐 주고 있어. 하지만 기절했다가 깨어난 제러미는 몹시 배가 고프대."

"제러미는 언제나 배가 고프다고 말하잖아."

후추단지가 말했어요.

"제러미를 찾아가 보자. 너희들 내 등에 올라타고 싶지 않니?"

코끼리가 물었어요.

"물론 타고 싶지."

땅의 요정들이 외쳤어요.

코끼리는 기다란 코를 쭉 뻗어 땅의 요정들을 들어 올린 뒤 자기 등에 태웠어요.

"자, 출발한다. 후추단지야, 나뭇가지들을 조심해. 지난번에 있었던 일을 잊으면 안 돼."

코끼리가 큰 소리로 말했어요.

"내 생각에 이번에는 너도 나뭇가지들을 조심해야 할 것 같아."

후추단지도 지지 않고 말했어요.

"잘 살펴보는 일은 너의 일이잖아. 나는 걸어가고, 너희들은 살펴보고 말이야."

코끼리가 대답했어요.

"그건 공평하지 않아. 네가 운전사고, 나는 승객이잖아. 나는 가만히 앉아만 있는 거고, 너는 앞을 잘 살펴봐야 하는 거라고."

후추단지가 말했어요.

솔방울은 둘이 말다툼하는 것을 듣지 않으려고 귀를 막았어요. 그리고는 앞에 나뭇가지들이 있나 없나를 잘 살펴봤어요.

이 다툼에서 누가 이기든 상관없이, 결국에는 항상 후추단지가 땅에 떨어진다는 사실을 잘 알았기 때문이랍니다.

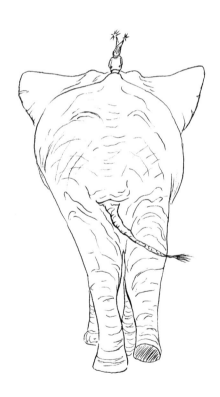

39

코끼리가
농부 존의 집에 왔어요

옷핀 요정과 바늘 요정은 제러미와 수다를
떨고 있어요.

"이제 너는 많이 좋아졌어. 톰과 준베리
가 너를 곧 보내 줄 거야."

옷핀이 말했어요.

"빨리 나를 내보내 주
었으면 좋겠어."

제러미가 불평
어린 목소리로
말했어요.

"이 구두 상자
속에서 지내는 게
정말로 너무나 지루해."

"그 애들은 지금 읍내로 장을 보러 갔기 때문에 여기 없어. 게
다가 너는 지금 살아 있고 안전하잖아. 얼룩무늬 고양이 타이거

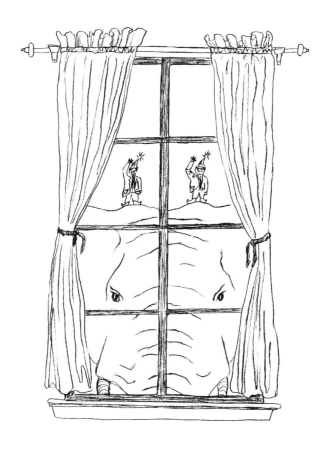

는 거실에 갇혀 있으니까 말이야."

　바늘이 말했어요.

　"또 아이들이 너한테 치즈와 크래커를 가져다줬잖아."

　옷핀이 맞장구를 치며 말했어요.

"그래, 난 치즈와 크래커를 좋아해. 너무나 맛있거든."

제러미가 말했어요.

"저기 봐. 창밖에 코끼리가 있어!"

바늘이 크게 소리쳤어요.

"코끼리가 왔구나. 솔방울과 후추단지랑 함께 왔어."

제러미가 외쳤어요.

코끼리는 몸집도 키도 굉장히 크기 때문에 농부 존의 집 2층까지도 들여다볼 수 있어요. 코끼리는 기다란 코를 흔들고 커다란 두 귀를 펄럭댔어요.

"코끼리야, 코로 창문을 열어 봐. 창문이 잠기지 않았거든."

옷핀이 최대한 큰 소리로 말했어요.

그 말을 들은 코끼리가 코로 창문을 열었어요.

"어이, 어이, 제러미, 너 괜찮니?"

그가 말했어요.

"응, 난 괜찮아. 하지만 집에 너무나 가고 싶어."

제러미가 말했어요.

그러자 코끼리가 코를 쭉 뻗어서 제러미를 번쩍 들어 올렸어요. 그리곤 자기 등에다 태웠어요. 이미 등에 타고 있던 솔방울이 무척 반가워하며 제러미를 껴안았어요. 후추단지도 제러미를 꼭 껴안았어요.

"에쿼!"

후추단지로부터 포옹을 당한 제러미가 재채기를 했어요.

"이제 창문을 닫아."

옷핀과 바늘이 크게 외쳤어요.

코끼리가 창문을 닫았어요. 그리고는 느릿느릿 걸어가기 시작했어요. 그러자 모두 손을 흔들며 요정들에게 작별 인사를 했어요.

40

팁토스는 푸른색을
아주 좋아해요

팁토스는 푸른 나팔꽃 속에 앉아 있어요. 부드러운 산들바람이 나팔꽃을 가볍게 흔들자 팁토스는 푸른 바다 위에서 이리저리 흔들리며 떠 있는 것 같았어요.

"이 푸른색은 틀림없이 천국의 색일 거야."

팁토스가 생각했어요.

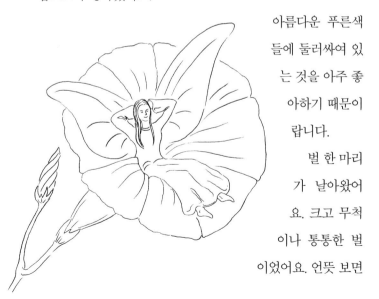

아름다운 푸른색들에 둘러싸여 있는 것을 아주 좋아하기 때문이랍니다.

벌 한 마리가 날아왔어요. 크고 무척이나 통통한 벌이었어요. 언뜻 보면

너무 통통해서 전혀 날 수가 없는 벌처럼 보이지만 잘 날아다
녀요.

"붕붕, 붕붕. 넌 누구니?"

벌이 물었어요.

"나는 요정 팁토스야. 그런데 넌 이름이 뭐야?"

"나는 띠호박벌 윙윙이야. 그런데 너도 꽃의 꿀을 찾
고 있는 거니?"

"아니야, 난 제러미가 농부 존의
집에서 나오기를 기다리고 있는 중
이야."

팁토스가 말했어요.

"오, 제러미는 벌써 그 집에서 나왔
는걸. 엄청나게 커다란 동물 등에 타고 있는
걸 내가 봤어. 진짜 모든 동물들 중에서 가장 커다란 동물 같았어.
그 동물은 회색빛이고 동글동글해. 또 얼굴에는 불쑥 솟아난 우
스꽝스런 이빨들이 있어."

"그건 분명 코끼리야."

팁토스가 말했어요.

"코끼리라고? 왜 나는 그를 지금까지 한 번도 못 본 걸까?"

띠호박벌 윙윙이 말했어요.

"얼마 전에 동물원에서 탈출해서 지금 숲속에서 살고 있어서
그래. 원래는 아프리카에서 왔어."

팁토스가 설명했어요.

"세상에나, 그렇구나."

윙윙이 감동하면서 말했어요.

"어쨌든 그의 귀는 세상에서 가장 커다랗고 또 아주 잘 팔락거리더라. 그런데 코끼리가 날 수도 있니?"

"오, 아니야."

팁토스가 미소를 지으며 말했어요.

"하지만 원하기만 하면 아주 크게 나팔 부는 소리를 낼 수 있단다."

그런 다음 팁토스는 손을 흔들어 작별 인사를 했어요.

"그들을 뒤쫓아 가 봐야겠어."

이렇게 말하면서 날아갔어요.

41

제러미가 사라졌어요!

톰과 준베리가 농부 존과 함께 읍내에서 돌아왔어요. 아이들은 제러미가 어떤지를 살펴보려고 위층으로 뛰어올라 갔어요.

"없어졌어!"

텅 빈 상자를 들여다보던 준베리가 큰소리로 외쳤어요.

"여기 어딘가에 있을 거야. 잘 찾아보자."

톰이 말했어요.

그들은 침실 구석구석을 찾아보았어요. 하지만 제러미는 어디에도 없었어요.

"온갖 곳을 다 찾아보았는데 없어요."

마침내 찾는 걸 포기한 톰이 아빠에게 말했어요.

"쥐들은 꾀가 많단다. 그들은 아주 작은 구멍으로도 기어들어 갈 수 있거든."

농부 존이 말했어요.

"하지만 우리는 모든 곳을 다 찾아보았어요."

준베리가 말했어요.

"심지어 이불도 다 들춰 봤고, 옷장도 샅샅이 뒤졌어요. 근데 없었어요."

"그것 참 이상한 일이구나."

농부 존이 인정하며 말했어요.

"하지만 진짜 이상한 점은 너희 방 창문 아래에 있는 텃밭에 엄청나게 커다란 발자국들이 나 있다는 점이야. 발자국이 커다란 접시보다도 더 크더구나. 또 땅에 깊이 찍힌 걸로 봐서는 몸무게가 무척 많이 나가는 것 같아. 나도 저렇게 큰 발자국들은 지금까지 본 적이 없단다."

전등갓 위에 앉아서 그들의 이야기를 듣던 옷핀 요정과 바늘 요정이 깔깔 웃었어요. 무슨 일이 있었는지를 그들은 잘 알기 때문이지요. 하지만 아무 말도 하진 않았어요.

42

코끼리가 제러미를
집으로 데려갔어요

제러미는 코끼리 등 위에 앉은 채 이리저리 흔들리며 가고 있어요. 제러미가 코끼리 등에 꽉 매달려 있는 동안 땅의 요정들은 앞에 나뭇가지들이 나타나지 않는지를 살폈어요.

땅에서부터 멀리 떨어진 굉장히 높은 곳에 제러미가 앉아 있었지만, 이런 식으로 집으로 가는 것은 퍽 재미있는 일이에요.

그때 팁토스가 제러미 곁에 날아와 앉았어요.

"안녕, 제러미. 코끼리가 너를 농부네 집에서 데려왔구나."

"응, 그랬어. 지금은 우리가 그의 등을 타고 가고 있는 중이야. 여긴 굉장히 높아서 벌써 우리의 커다란 참나무가 보이기 시작했어."

제러미가 말했어요.

참나무에 도착했을 때 제러미가 감사 인사를 했어요.

"고마워, 코끼리야."

"천만에, 이제 나도 집에 가야겠다. 근데 내 등에 타고서 소나무까지 가고 싶은 사람이 있니?"

코끼리가 물었어요.

"우리가 타고 갈래!"

땅의 요정들이 소리쳤어요. 오늘 하루 동안 땅의 요정들은 평생 탄 것보다 훨씬 많이 코끼리 등에 탄 셈이네요.

딱따구리 칩스의 아내가 새로 만든 둥지에서 밖을 내다봤어요.

"이런 시끄러운 소동은 다 뭐야."

그녀가 꾸짖었어요.

"지금 내가 알을 부화시키려고 앉아 있는 게 너희들은 안 보

이니? 나는 조용하고 평화로운 분위기가 필요
하단 말이야."

그리고는 머리를 다시 둥지 안으로 쏙
집어넣었어요.

팁토스와 제러미는 웃음을 터트
렸어요. 며칠 전에 둥지를 만든다
고 딱따구리 칩스가 그렇게 시끄럽
게 소동을 부린 일이 생각났기 때문
이에요.

그들은 코끼리의 등에서 이리저리 흔들
리면서 가고 있는 땅의 요정들에게 손을 흔들
었어요. 이미 늦은 시간이에요. 해님은 벌써 서쪽으
로 사라졌어요. 별님들이 나와서 저녁노을 빛 속에서
반딧불처럼 반짝거리고 있어요.

"그런데 넌 반딧불들을 본 적이 있니?"

제러미가 팁토스에게 물었어요.

"반딧불들의 불빛들이 꼭 마법 같아 보인다고 하던데."

"맞아. 그들의 불빛은 마법 같아."

팁토스가 대답했어요.

"난 아주 오래 전에 반딧불들을 본 적이 있어. 그들이 동쪽으
로 떠나기 전에 말이야."

"하지만 왜 그들이 떠난 거야?"

제러미가 물었어요.

"먼저 안에 들어가자. 네가 침대에 들어가 누우면 내가 반딧불 이야기를 해 줄게."

팁토스가 말했어요.

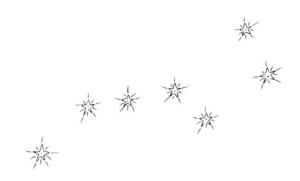

43

반딧불 이야기

제러미는 새로 마련해 놓았던 마른풀
침대에 들어가서 몸을 둥글게 말았
어요. 곁에 앉은 팁토스가 그의 털
을 부드럽게 쓰다듬어 주었어요.

"옛날 옛날에 곤충 한 마리가 살
고 있었단다. 커다란 곤충이 아니라 작은
곤충이라서 누구도 그 곤충에게 주의를 기울이거나 관심을 갖지
는 않았어. 그는 풀 속에서 살았는데 가장 좋아하는 색깔은 갈색
이었어.

그런데 어느 날 밤 그 곤충이 달님을 올려다보다가 그만 달님
과 사랑에 빠지고 말았단다.

'달님은 정말로 너무나 아름다워.' 그는 이렇게 생각했어.

'달님은 은빛이면서도 또 푸른빛을 내며 빛나잖아. 그리고 매
일 밤 모습이 달라지고 말이야. 어떤 때는 둥글고 꽉 찬 보름달이
었다가 또 다른 때는 가느다랗고 날씬한 초승달이 되기도 해. 그

럴 때는 꼭 벼 잎사귀처럼 날카롭게 보여. 달님한테 찾아가서 내
가 그녀를 얼마나 사랑하는지를 이야기하고 싶어.'

곤충은 제일 큰 나무 꼭대기로 날아가서 달님이 하늘을 가로지
르는 모습을 기다렸어. 하지만 그날 밤에 떠오른 달님은 여전히
너무나 멀리 떨어져 있었지. 그래서 다음날 밤에는 가장 높은 산
봉우리로 날아 올라갔지. 하지만 그날 밤하늘에 모습을 보인 달
님도 여전히 멀리, 아주 멀리 있는 거야.

곤충은 참으로 슬펐어.
자기는 절대로 달
님 가까이로 다
가갈 수 없다는
사실을 알았으
니까 말이야.
하지만 그는
매일 밤 계속해서
달님의 얼굴을 간절히
바라보곤 했지.

너무나 깊이 달님을 사랑하
고 있었기 때문에 달님의 은빛 광선
들이 그의 두 눈으로 흘러 들어가서
그의 가슴에 모이곤 했단다.

'오, 이 반짝이는 불꽃이 내 가슴에

만 숨겨져 있으면, 달님은 이 불꽃을 결코 볼 수 없잖아.'

곤충이 생각했어. 그래서 자기 가슴 속의 불꽃을 꽁무니 끝으로 보냈어. 그리고는 서늘한 밤공기 속으로 날아올랐단다. 이런 식으로 그의 가슴이 사랑으로 힘차게 뛸 때마다 꽁무니에서는 환한 불빛이 밝게 타오르게 된 거란다.

'저것 좀 봐!' 모두들 외쳤어. '정말로 멋진 곤충인걸! 달빛 속에서 반짝거리며 환하게 빛을 내고 있잖아.'

그리고는 그 곤충에게 '반딧불'이란 이름을 지어 주었어. 그의 가슴이 달님에 대한 사랑으로 불타고 있기 때문이지."

"그렇게 해서 반딧불이 이 세상에 생겨나게 된 거란다."

이야기를 마치면서 팁토스가 말했어요.

"하지만 왜 그들이 서쪽에서는 살지 않는 거지?"

제러미가 물었어요.

"음, 그 작은 곤충은 달님이 언제나 동쪽에서 떠오른다는 사실을 알았어. 그래서 매일매일 있는 힘을 다해서 멀리 동쪽으로 날아가 곤 했지. 그래야 저녁에 달님이 맨 먼저 떠오르는 모습을 보고 반갑게 인사할 수 있으니까. 하지만 그렇게 동쪽으로 가다가 결국에는 넓은 바다에 이르게 되었지. 하지만 그는 작은 곤충이라서 넓은 바다를 가로지를 수가 없었단다. 그래서 지금까지 그곳 동쪽에서 반딧불들이 살고 있는 거야.”

틴토스가 설명해 주었어요.

제러미가 틴토스를 바라보며 미소를 지었어요. 그런 다음 눈을 감고 잠이 들었어요.

44

팁토스와 제러미가 거위 루시를 방문해요

"거위 루시를 방문할 때가 되었어."

어느 날 아침에 팁토스가 제러미에게 말했어요.

"루시가 품고 있던 알들이 지금쯤 깨어났을 거야."

그들은 러닝 강을 따라 내려가다가 축축한 습지에 이르렀어요.

"팁토스, 난 너와 함께 저 작은 섬에 갈 수가 없어. 루시의 반쪽짜리 알이 깨어난 것을 무지무지 보고 싶지만 난 수영을 할 수가 없잖아."

제러미가 말했어요.

"백조 킹에게 널 태워서 데려다 줄 수 있는지를 한번 물어보자."

팁토스가 제안했어요. 그래서 그들은 백조네 집으로 갔어요.

"멋진 백조 킹아."

제러미가 아주 근사한 목소리로 말했어요.

"나는 거위 루시가 사는 섬으로 가고 싶어. 반쪽짜리 알이 무엇으로 깨어났는지를 정말로 보고 싶거든. 하지만 난 수영을 못하잖니. 네가 나를 좀 건네다 줄 수 있을까?"

"반쪽짜리 알이 벌써 깨어났을까?"

그가 물었어요.

"깨어났을 거야. 루시가 품은 모든 알들은 이맘때에는 다 깨어나거든."

팁토스가 말했어요.

"모두들 그 반쪽짜리 알에 대해 이야기를 하고 있어. 물론 나도 직접 보고 싶단다."

백조 킹이 말했어요.

"그러니 제러미야, 내 등에 올라타렴."

그래서 제러미는 백조 등에 올라타고서 축축한 습지 물 위를 건너갈 수 있게 되었어요. 제러미는 백조의 깃털 안에 편안하게 자리를 잡았고, 팁토스도 그 옆에 앉아서 함께 갔어요.

"꼭 진짜 왕이랑 같이 물을 건너가는 것 같아."

속삭이는 목소리로 제러미가 말했어요.

"백조 킹의 모습이 얼마나 위엄이 있는지를 좀 봐."

"제러미, 넌 행운아야. 백조를 타고 물을 건너는 생쥐는 지금까지 한 번도 본 적이 없거든."

팁토스가 말했어요.

습지 안의 섬에 가까워지자 백조 킹은 '꾸이, 꾸이, 꾸이' 하고 세 번 울음소리를 냈어요. 그래야 거위 루시가 누가 왔는지를 알 수 있으니까요. 그러자 루시도 알았다는 듯 '꽥, 꽥' 하고 대답을 했어요.

"나도 함께 왔어."

팁토스가 소리쳤어요.

"그리고 나도 왔어."

제러미도 말했어요.

"그런데 네 알들이 모두 깨어났니?"

"응, 모두 깨어났어. 이리 와서 좀 봐."

거위 루시가 자랑스러운 듯 말했어요.

정말로 세 마리의 어여쁜 아기 거위들이 보였어요. 그들은 큰 소리로 '삐익, 삐익' 하며 엄마 날개 아래에 숨은 채로 주변을 살펴보았어요. 아직은 아주 작은 아기 거위들이거든요.

"와, 아기 거위들의 솜털이 보송보송하구나."

팁토스가 말했어요.

"그런데 반쪽짜리 알은 어떻게 되었어?"

제러미가 말했어요. 너무 궁금한 탓에 가만히 있기가 힘들 정도였거든요.

"그 알도 깨어났어."

루시가 말했어요.

"근데 그 애는 좀 이상해. 깃털이 없는 아이거든. 하지만 그래도 난 그 애를 사랑한단다. 어쩌면 날아갈 필요가 있을 때가 되면 그 애한테도 깃털이 자라날지 몰라."

"그 애는 어디 있지?"

제러미처럼 몹시 궁금했던 백조 킹이 물었어요.

"여기 내 품 아래에 있어."

거위 루시가 말했어요.

"어디 한 번 보자. 우리가 보게 허락해 주겠지?"

팁토스가 말했어요.

루시는 자신의 둥지에서 천천히 일어났어요. 제러미와 백조 킹은 좀 더 잘 보려고 목을 길게 뺐어요. 그런데 둥지 안에는 너무나 귀엽고, 너무나 사랑스러운 아기 거북이가 있었어요.

"거북이잖아!"

그들이 크게 외쳤어요.

45

이야기 들려주기

"거북이라고!"

솔방울과 후추단지도 외쳤어요. 제러미와 팁토스가 부리나케 그들 집에 와서 그 이야기를 들려주었거든요.

"그래, 거북이였어. 아주 작은 아기 거북이. 축축한 습지에 사는 모두가 지금 그 이야기를 하고 있어."

팁토스가 말했어요.

"그리고 그 아기 거북이는 벌써 수영도 할 줄 알아. 우리가 수영하는 그 애를 직접 봤어."

제러미가 말했어요.

"세상에, 난 이런 이야기는 또 처음 들어봤어. 그런데 아기 거북이가 행복해 보여?"

솔방울이 물었어요.

"응, 행복해 보여."

팁토스가 말했어요.

"그 앤 원할 때마다 수영을 할 수 있고, 밤에는 안전하게 잘 수 있는 따스한 곳도 있으니까 아주 행복한 거지. 그리고 아마도 엄마 거북이는 그 아기 거북이가 어디에서 자라든 크게 신경 쓰지 않을 거야. 원래 엄마 거북이는 진흙 속에다 알들을 낳아 놓기만 하거든. 아기 거북이들은 알에서 깨어난 뒤에 스스로 알아서 살

아가고 말이야."

"세상에, 그렇구나."

후추단지가 자기 수염을 잡아당기며 말했어요.

"아기 거북이 이름이 뭐야?"

"깃털이야."

제러미가 설명했어요.

"거위 루시가 '깃털'이라고 이름을 지어 주었대. 나중에 날아갈 필요가 생겼을 때 그 애한테도 깃털들이 자랄 거라고 루시는 여전히 생각하고 있는 것 같아."

"이건 이야기 들려주기 할 때 딱 알맞은 아주 멋진 이야기인 것 같아."

두 손을 맞비비며 솔방울이 말했어요.

"모두 불가에 둘러앉았을 때 이 이야기를 들려줄 수 있는 겨울이 너무나 기다려지는걸. 가만히 앉아 기다리기가 정말 어려울 정도야."

"어쨌든 축하할 겸 팬케이크를 굽자."

후추단지가 말했어요.

그래서 그들은 팬케이크를 구웠어요. 기나긴 겨울밤에 들려줄 수 있는 그런 멋진 이야기가 생겨났기 때문에 그들은 아주 행복했어요.

저자 후기

이 이야기들 중 대부분이 유치원 아이들과 그리고 초등학교 1학년 아이들과 함께 오이리트미 수업을 하던 중에 떠오른 것들이다. 말과 음악을 사용하면서 동작과 움직임을 예술적으로 표현하는 오이리트미는 아주 놀라운 표현력을 지닌 예술이다. 그 표현력 덕분에 이 이야기들이 생생하면서도, 또한 자연스럽고 영적인 색조를 띠게 되었다.

내 수업 중에 이 이야기들을 들려줄 때는 직접 연주하는 음악과 함께 들려주었다. 그럴 때면 입으로 하는 입말이나 살아 있는 몸짓들이 그 안에 다양하게 짜여 들어갔다. 마침내 이 이야기들은 종이 위에 자기들 이야기를 써달라고 간청했고, 그래서 나는 그렇게 했다.

시리즈 첫 번째 권에는 '붕붕이를 잃어버린 꿀벌'을 비롯해서 여섯 개의 이야기들이 들어 있다. 그러므로 초등학교 1학년 아이들을 맡은 선생님은 한 해에 걸쳐서 이것들을 열띤 호응 속에 읽어줄 수 있을 것이다.

유치원과 초등학교 1학년 즈음의 아이들에게 처음으로 이야기를 들려주기에 좋은 이런 입문용 책들 세 권도 비슷한 식으로 출간되었다. 두 번째 책은 가을과 겨울 축제들을 중심으로 하는 이야기인데, 《돌들의 축제(The Festival of Stones)》란 제목으로 출간되었다. 세 번째 책은 봄에 일어나는 일을 중심으로 해서 《두 개의 발가락이 있는 커다란 발자국을 남긴 맨발의 거인(Big-Stamp Tow-Toes the Barefoot Giant)》이란 제목으로 출간되었다.

팁토스 이야기가 뉴햄프셔 주 킨에 있는 모내드녹 발도르프 학교(Monadnock Waldorf School)에서 처음 시작되긴 했지만, 그 전체 장면들은 대부분이 캘리포니아에서 만들어졌다. 그 이유는 내가 동부에서 주어진 임무를 마친 후에 5년 동안 캘리포니아 주 새크라멘토에 있는 카멜리아 발도르프 학교(Camellia Waldorf School)에서 아이들을 가르쳤기 때문이다.

내가 요정 팁토스와 그녀의 친구들을 처음 떠올렸을 때, 그들은 내가 가르치는 오이리트미 교실 밖에 서 있는 커다란 참나무 가지 위에 앉아 있었다. 또한 그들은 새크라멘토 강을 배를 타고 노를 저어 가서 태평양 바다 해안가까지 가기도 하고, 우리 교실에서도 저 멀리 보이는 눈 덮인 시에라네바다 산맥까지 배를 타고 거슬러 올라가기도 했다.

내가 운동장을 지나가노라면 이따금씩 아이들이 묻곤 했다.

"오늘은 팁토스가 어디 있어요?"

아니면 꽃밭에 팁토스가 앉아 있는 걸 자기들이 봤다고 엄청나게 진지한 얼굴로 내게 알려 주곤 했다. 또는 땅의 요정들인 솔방울과 후추단지를 그네 근처에서 틀림없이 보았다고 이야기해 주기도 했다.

때로 아이들이 옷핀 요정과 바늘 요정을 바늘꽂이(혹은 다른 곳들)에서 발견했다고 말해 줄 때면, 나는 기쁨이 가득한 커다란 미소를 지었다. 왜냐하면 여러분들도 그 요정들은 잘 보지 못한 채 쉽게 지나치는 경우가 많기 때문이다. 그 요정들은, 특히 잠들어 있을 때면 바늘꽂이에 있는 다른 옷핀들이나 바늘들과 아주 똑같아 보이기 때문이다.

이 주인공들은 자기들 고유의 삶을 살아가고 있었고, 실제로도 학교에서 아주 유명했다. 나는 팁토스와 그녀의 친구들을 그린 아주 많은 그림들을 아이들로부터 받았다. 내 생일이나 크리스마스 때 주로 그런 그림들을 받았지만, 때로는 별 이유 없이 '그냥' 받기도 했다.

이런 일들을 통해서 나는 미묘한 지점에 도달할 수 있게 되었다. 내가 한참 동안 아무 말 없이 간직하고 있었던 비밀이 바로 그 지점이다. 즉 팁토스는 진짜 존재한다는 비밀이다! 이것은 내가 가볍게 하는 고백이 아니다. 특히나 출판물에서는 더욱 더 가볍게 고백할 일이 아닐 것이다. 어쨌든 내 이야기는 사실이다.

요정 팁토스가 없었다면 이 이야기들은 쓰이지 않았을 것이다. 심지어 상상조차 하지 못했을 것이다. 다행스럽게도 팁토스의 마법 중 일부가 여러분과 여러분 아이들의 머리 위에서도 활동을 하고 있는 중이다. 그러면서 세상을 보다 나은 곳으로 만들어 주고 있으니 참으로 다행이다.

    (세월이 지나면서 팁토스의 인기는 계속 늘어갔다. 그래서 많은 책들이 계속해서 출간되었다. 아래 웹사이트 주소로 가면 그 책들을 찾아볼 수 있다. http://www.tiptoes-lightly.net/)

감사의 글

함께 수많은 이야기들을 나누었던 우리 아이들 아란, 오이신, 이사에게,

그리고 초등학교 1학년을 보내고 있는 모든 아이들에게,

또한 1999년에서 2004년 동안에 카멜리아 발도르프 학교(Camellia Waldorf School)의 리틀 게이트와 리틀 브리지 유치원(Little Gate and Little Bridge Kindergartens)에서 지냈던 모든 아이들에게,

특히 떠들썩한 응원을 보내 준 미키 히가샤인에게 이 책을 바칩니다.

발도르프 선생님이 들려주는
요정 팁토스와 친구들의 모험

1판 1쇄 발행일 | 2018년 11월 14일
1판 2쇄 발행일 | 2022년 7월 13일

쓰고 그린이 레그 다운 | **옮긴이** 강도은
펴낸이 권미경 | **펴낸곳** 무지개다리너머 | **주소** 서울시 은평구 응암로 310, 501호
전화 02-357-5768 | **팩스** 0504-367-7201 | **이메일** beyondbook7@gmail.com
블로그 blog.naver.com/brbbook | **등록번호** 제25100-2016-000014호(2016. 2. 4.)
ISBN 979-11-956821-9-5 03840

이 도서의 국립중앙도서관 출판사도서목록(CIP)은 서지정보유통지원시스템 홈페이지
(http://seoji.nl.go.kr)와 국가자료공동목록시스템(http://www.nl.go.kr/kolisnet)에서
이용하실 수 있습니다.(CIP제어번호: CIP2018034633)